素心若雪

潘涛 著

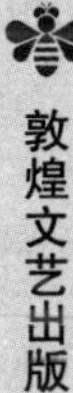

敦煌文艺出版社

图书在版编目（CIP）数据

素心若雪 / 潘涛著. -- 兰州 ：敦煌文艺出版社，2012. 1（2023.1重印）
ISBN 978-7-5468-0185-8

Ⅰ. ①素… Ⅱ. ①潘… Ⅲ. ①散文集－中国－当代 Ⅳ. ①I267

中国版本图书馆CIP数据核字（2011）第266659号

素心若雪

潘　涛　著

责任编辑：李恒敬

封面设计：石　璞

版式设计：石　璞

敦煌文艺出版社出版、发行

本社地址：(730030)兰州市读者大道 568 号

本社网址：www.dhlapub.com

投稿信箱 tougao@dhlapub.com　　编务信箱 gy@dhlapub.com

0931－8773084(编辑部)　　0931－8773235(发行部)

天津旭丰源印刷有限公司

开本 880 毫米×1230 毫米　1/32　印张 5.75　插页　字数 140 千

2011 年 12 月第 1 版　2023 年 1 月第 2 次印刷

印数：1 001～4 000

ISBN 978-7-5468-0185-8

定价：35 .00 元

素心若雪

目 录 | CONT

原味生活

去年，陪爸爸妈妈去日本，游历了京都、大阪和东京。傍晚途经横滨，在横滨的中华街附近停留了一顿饭的工夫。无论是在繁华的东京，还是在较为偏远的景岗县，除了惊叹于它们的环境之洁净，便是惊叹于当地女子的精致的外表，无论是年轻的美少女、少妇，或是成熟的中年女人，抑或是已近花甲的年长的老妇人，她们都穿着入时，化着清新的淡妆。虽不能说那些女人各个都貌美，但可以肯定地称，通过她们精心的装扮，从原有的三分美增至七分了。

要像日本女子那样，精致地去装扮自己。这是我到了日本的最强烈和最本能的反应。人到中年，随着岁月一天天的流逝，我不知男子是什么样的态度，也不知其他那些爱美或不在乎自己外表的女人心里是怎么想的，对于我来说，我毫不掩饰地对自己的内心坦言，我是那样地关注和看中自己的外表。我不在乎是否美貌，因为那确实是天生的，但是我却关注于是否青春，那种依然洋溢着的青春的气息。这一点我在日本感受到了，她们年轻入时的穿着和精致的化妆，让我强烈地感受到了至少日本女人对待自己和他人的那种态度。不管这是一种传统，还是源于其他什么缘由，我且无需探究，也不想去探究，那是学者、学术界研究范畴的事了。我只是从个人的内心感受出发，去想和以为，至少她们的这种精致给我这样一个外来的匆匆过客留下的印象是非常深刻和鲜明的，一种对生活依然充满着执着与热情的心态，还有一种对他人的应有的极其的尊重。

听导游讲，如果在日本，要去朋友家做客，提前于约定的时间是一件非常尴尬的事，因为女主人的化妆和着装还没有完成。如日本的环境一样，所到之处，无论是城市还是乡野，无论是大街还是小巷，无论是白天还是夜晚，那般的洁净是令人愉悦的，除了流连忘返，便是想入非非，如果自己生活和身处的环境也如这般该多好呀。

只有装扮好了自己才不失优雅和对客人应有的尊重，我是极其赞赏和生慕的。把好的美的一面凸显出来，展现出来，足见主人的矜持。

在矜持和一任自然之间，我喜欢后者，但是却会选择矜持。即便是原味生活，我也宁愿让它更加精致一些，更加完美一些，至少从外在就给人一种愉悦的感觉。

从日本回来的那段时间，我开始大张旗鼓地整理家务，从卫生间到厨房、到客厅、卧室到书房，每一个角落，每一处细节，我都不放过。以前只是听说，或是看到一些文章的介绍，日本的卫生间多么洁净，且有文化韵味。我是十分向往和一心想目睹一下的。只有短短六天的时间，无论是在所下榻的酒店，还是一些景点，还有商场或其他的公共场所，所到之处，卫生间的人性化设计和精心的装饰，当然还有它的洁净，都是令我大开眼界和赞叹不已的。在日本的卫生间，无论是休息，还是阅读，也都会令人感到心灵的放松和一种享受的。

除了投入于轰轰烈烈和彻头彻尾的大搞家务之外，我还沉浸于研究和学习化妆。身为女人我是不会化妆的，大学时参加舞会，也是同班的女生为我化妆，结婚时是部队的一位嫂子为我补妆，工作后的历次大型活动或是重要聚会都是请美容院的美容师化好妆。按照一个八零后小女生的说法，我们这一代的女性是不懂得化妆术的。

有些东西似乎是与生俱来的，后天习得是非常之难的。就我个人而言，研究一下化妆术是可以的，从理论上也可以滔滔不绝，但是对于自己而言，实践起来大有比登天还难。没有用心是一个方面，可能还是多年来没有养成或被熏陶时时日日要化妆需化妆应化妆的习惯，今天突然间要改，从过去的干脆、根本不化妆，到当下的马上、立即就化妆，起初是想象得有些简单了。但是在化妆所应具备的各项工具一应俱全而所化的妆有点怪、有些不自然到彻底的放弃，期间的感受也是不同的。

很多东西，你认同它，非常地认同，你也曾暗下决心要去做且相信一定能够做好，而事实并非如此，有些东西确实是学不来做不到的，只能把那种慕及的想法和欲做的心念藏于心间，过一种原味的生活。

原先的没有雕琢的自然的生活，于一任自然间有一定的矜持的生活总是令我深爱和不忍舍弃的，如原味的饮食。

女儿喜欢美食，尤其被经过多道工序烹饪过的各类糕点、面点和菜品，都是女儿的最爱。除了提醒女儿不要因为过于喜爱美食而不顾自己的身段，我对女儿喜爱美食是大加赞赏的，热爱美食即热爱生活。母亲喜欢浓烈的口味，尤其在烧菜的时候，喜欢放一点老抽或老抽王。而我是喜欢原味的，不仅是菜品的色泽的原味，还有菜品入口的本身的原味。烹饪时，酱油是基本不放，即便是烧一些本味不够入味的菜品，我也是坚持能不放作料就不放，尤其是在邀请朋友来家做客时，除了少许的盐，几乎所有的菜品都尽量保持原味。

如果是独自用餐，即便不放少许的盐，对于我来说也有足够的心境细嚼慢咽地品尝每一份菜品带给我的那份大自然赋予人类的本然的享受。

也许没有加入人工的雕琢就算不得美食，也许纯天然只意味着纯朴与粗放，但是对于巧夺天工的美我除了仰慕，而于粗放而淳朴的自然美更加情有独钟。

不但饮食，就装扮亦然。

才花了不老少的钱购置的可上厅堂的服装和饰品，屈指算来也没有几次亮相的机会就被我珍藏起来了。要说珍藏并非舍不得穿，而是多少有些因为适于比较正式的场合穿着而让我感觉到格外地拘束和小心翼翼。不能随性和随意，且需要各方面都要配套和相得益彰，仿佛因此而失去了原味的着装和着装的原味。

再一次将需要精致的生活定格于牛仔类的服饰和纯棉、纯麻织物，从个人着装到家中的床品、饰物，似乎唯纯棉至上。不管是正式的就餐，还是特别的聚会，原味的着装和原味的颜面，让心灵也回归于原味的无拘无束。

始于原味，又归于原味，我对精致生活的向往与追求总在二者间徘徊于归一。享受原味即是享受生活，对我来说倒是蛮合适的不变的真理。

平遥记忆

2009年的盛夏，我和爱人、女儿以及我们最要好的朋友一起远行，怀着一颗朝圣的心，行走在蓝天白云间。

我们第一站到达的是平遥古城。对这座有着千年历史的古城，我是陌生的，一无所知的。盛夏的平遥骄阳似火，碧蓝的天空上挂着丝丝云彩，行走在蓝天白云间，在平遥追寻历史的遗迹，我的心多少被激荡着。这座千年的城堡，在经历了岁月的沧桑巨变后，在骄阳下依然熠熠生辉，散发着异样的光芒。透过古朴的城墙，青砖与飞檐再现古城的风范。我喜欢这种风范，她浓缩着逝者的背影，掩藏着先辈的智慧。顶着盛夏的骄阳，行走在蓝天白云间，踩着千年的车辙，探寻历史的记忆。古城的每一个小巷，每一条小街，每一扇木门，每一只灯笼，每一块匾牌，每一块砖，每一片瓦，都是一段历史，一段繁华，一段难以抹去的记忆。行走在蓝天白云间，置身于平遥古城，我的思绪被千年的历史牵引着，为故去的繁华慨叹着。往事亦如烟，逝者如斯夫。

昔日的繁华被今日的繁华所替代，穿梭在平遥的历史与现实间，古人？今人？过去？未来？这些字眼每每闪烁在脑海里，对生与死，繁华与湮灭，有了一种别样的体悟。

走进坐落在古城一角的小院，绕过青石板搭起的条桌，正午的骄阳被挂在屋檐下的青藤驱走，坐在青石板凳上仰望蓝天白云，着

实还能感受到古城丝丝的凉意。在小院里品尝平遥的小吃，一盘盘精美的菜肴和各种精细的面点，使我对平遥这座千年古城生起一份特殊的感情，除了她的古朴与繁华，还有她所彰显出的平遥人的勤劳与智慧。

我景仰与钦佩。站在历史与现实的十字路口，虽是初次，更是短暂，对平遥的触摸和记忆却是至深的鲜明的。

十六岁的花季

八月十六日那天，突然觉得有一种异样的感觉，我的精神十足，一点也顾不得连日来的熬夜看书和写作，在女儿还梦周公的时候我就起床开始大扫除了。

原本不再给女儿买礼物了，但还是忍不住急匆匆地去了国芳百货，直奔儿童玩具城。我在目不暇接的玩具世界里找寻着。

芭比娃娃。

对，我要找的是芭比娃娃。

又近一年了，我不曾来过玩具城。玩具城被刚装修过，柜台也重新摆放了位置，还新添了不少玩具。卖芭比娃娃的那个柜台被搁置在玩具城的一角，我费了好大一会工夫才找到。

买一个芭比娃娃，给十六岁孩子的。

对，十六岁孩子。

我说得很坚定。

烫发、染发和青春时尚款的都被我拒绝了。我依然选择了衣着和神情自然清纯高贵的公主型的一款。

公主。

无庸置疑，女儿是我心中永远的公主。

十六岁的花季。

我的女儿今年十六岁了。每每想起，总有一种期盼，一种自

豪，也有一丝的感伤。

十六岁，一个花季的少年就这样在不知不觉中向我走来了。感谢生命，感谢造物主，感谢……

我的眼里总是充满了抑制不住的泪水。

之前，在北京参加研究生院的结业典礼时，妹妹也出差在北京，我临返回兰州的前一天，和妹妹一同去了北京的新世纪商厦。

我的眼睛一直盯着那些花花绿绿时尚青春的少女装，当心动地拿过每一件比划时，却没有中意的一件，每一件都太成熟了。

小孩子。清纯。

我总是拒绝成熟、青春、张扬和个性。

童童要过十六岁生日了。

妹妹一定要为女儿买一套服装的。

我还是为女儿选择了依恋。

依恋、维尼熊、米老鼠、水孩儿、泰迪小熊、常青藤……

在女儿成长的过程中，我总是给女儿买这类品牌的服装。不为别的，单喜欢这些名字。

芭比娃娃是女儿的最爱。

我不知道女儿的第一个芭比娃娃是谁送的，也记不得我第一次给女儿买芭比娃娃的时候了。只觉得芭比娃娃的确很好看、很可爱，但也还是觉得有点昂贵。所以在女儿每每驻足于芭比娃娃柜台前，只是去看一眼的时候，我也是心动地许下一个心愿，等到女儿下一次过生日的时候一定给女儿买一个芭比娃娃。

同学从北京来时，给女儿送了一个芭比娃娃，那时女儿才四岁多。旅居新加坡的好友第一次回国时，也送给女儿一个芭比娃娃，是南国异域风情的。运动的，带服装的，有小房子的；白皮肤的，黄皮肤的，棕色皮肤的；长发的，短发的，马尾辫的，女儿的书台上摆放了各式各样的芭比娃娃，她们都是女儿的最爱。

最令女儿心仪的还是公主型的芭比娃娃。

十六岁的花季，如果给女儿也戴上一顶华丽的桂冠，那一定也是最美丽的公主了。

十六岁的花季，我还为女儿买了一个双手捂着眼睛的小熊，样子很可爱，很讨人喜欢。

我希望我的女儿坚强一点，但也应该不失其可爱，像这只玩具熊一样。

十六岁的花季，我的女儿就这样不知不觉地向我走来了，给我一份惊喜，也让我伴着丝丝的感伤……

有成熟，有依恋，有公主，有捂着眼睛的小熊，女儿的十六岁，也给我的生活留下了难忘的淡淡的花样记忆。

昨夜又西风

清晨，驱车上班，惊叹于满目的落叶，昨夜又西风。

又近岁末。每每看到渐浓的秋色，不觉生起一种深深的感叹。一叶知秋，又哪堪一叶，分明是接踵而至，纷至沓来。每日的清晨都会洒落下一地的枯叶，令那柔弱的心不觉一惊，随之而来的是袭上心头的莫名的一丝孤独、寂寞、惆怅与感伤。

虽然我也被这渐浓的丰硕的秋色所深深感染。还记得去年的秋天，我驱车带着女儿和朋友一同远行，离开久居喧嚣的都市，当我们的车子行走在郊野乡间的时候，透过车窗，我们无不被远处的秋色所吸引而欢呼与赞叹。碧蓝的天空，挂着朵朵白云，高耸的白杨树，粗壮的大槐树，与那些环绕在农家村舍大大小小高高矮矮的枣树、梨树和结得丰硕的向日葵、玉米棒等相得益彰，可谓层林尽染，犹如一幅巨大的油画。

也在常去的校园里感怀渐浓的秋色，面对那些叫不上名的红的、黄的、紫的、褐色的等等名目繁多的花呀、草呀的触景生情，欣然勾勒下它们的轮廓。

有些时候没有走过南滨河路了，近来因为绕道而行，每天穿过它。马路两侧的国槐经过数十年的生长，已是枝繁叶茂，虽然已是深秋，仍能从渐浓的秋色中感受到它于盛夏时的繁荣。秋日的清晨或傍晚时分，穿梭于滨河南路，一路好秋色呀。

尽管赞叹、欢呼并为之感染于渐浓的秋色，但于心灵最柔弱处的感受而言，我是更喜于春色。满园春色关不住，一枝红杏出墙来，它带给我那样强劲的生机与活力。

农夫们的一年之计在于春，他们是期盼和等待收获的这一天的。而矗立在庄稼地里的丰硕的果实正是他们一年辛劳与收获的最好见证。而我却害怕这份秋色，实在说来还是因为在逃避和躲避。我在逃避一种虚度的恐慌，躲避被我粉饰的岁月。又是一个岁末，又是一个收获的季节，而我的人生与生命又在收获了什么？我害怕，害怕历数被我虚度的时光。我担忧，担忧在岁末盘点我人生的收获，我是那样恐慌与担忧。

时光荏苒，光阴如水，又怎能挡得住这渐浓的秋色呢？感慨、惊叹，面对满目的秋色，挤满心灵的是那人生匆匆的脚步。

我惊诧于春天每一个清晨又一片新发的嫩芽儿，却也感怀于昨夜又西风那飘落的枯叶。

天高云淡

“妈妈，八月二十四日是爸爸的生日。”

“妈妈，后天是爸爸的生日。”

“妈妈，明天是爸爸的生日。”

女儿很早就开始提醒我。

中午下班，路上有点堵，到小区时已是十二点多钟了。天高云淡，我仍在中心广场停了下来，直奔伊曼斯顿店铺。

订一个生日蛋糕。

最小号的。

大人的。

流金岁月、呢喃的雪、阳光花雨、茶恬园……好美的名字，好漂亮的蛋糕呀。

我给爱人选了一款瑰丽皇后的生日蛋糕，并写上“张峰生日快乐”的字样。

一百零八元，最小号的，冰激凌味的。

也许是一种奢侈。

但是今天我想，十分地想。

我和女儿只在夏季最热的时候只买单块的伊曼斯顿冰激凌蛋糕一起吃。好吃的东西，品尝似乎更有味。

四十又二，如果没有记错的话，应该是爱人收到的第一份生日蛋糕。

午休时分，手里拿着登有“快乐女声”消息的报纸，一阵酸楚，眼泪就忍不住往出流。我平躺在沙发上，仰望着屋顶，偷偷地抹着泪水，与女儿谈着“快女”。

四十又二，我无一例外地在家人与亲朋的祝福中给自己的生日留下了每一份记忆。

四十又二，爱人的生日不曾被我记忆起。

天高云淡。

爱人总是说不，总是简单，总是被遗忘。

我不曾在意，不曾强求，也不曾记忆。在我们一起走过的无数个日子里，有十一月十七日，有八月十六日，独不曾有过八月二十四日。

曾戏言，究竟是农历抑或阳历。八月二十四于我究竟也是一个模糊得难以记忆的日子。

四十又二，今天，爱人先于我步入了这一岁。我不知道它对于我的意义。我只是强烈地感到，要吃生日蛋糕，吃长面，送爱人一份生日礼物，给爱人一个惊喜，像八月十六日一样，像十一月十七日一样，八月二十四日也是一个绝对需要记忆的日子。

天高云淡。

我得去伊曼斯顿，我得去买生日礼物，买长面……

今晚，我们一家三口要度过一个难忘的时刻。我和女儿在爱人静静的许愿中一起唱生日歌。爱人和女儿一起吹灭了生日蜡烛。在收到女儿自己做的两张书签的生日礼物时，爱人用双手不停地擦着眼泪，女儿的眼圈也红了。

我给爱人送了一条深咖啡色的休闲皮带。

四十又二，爱人先于我步入这一岁。我和女儿一起为爱人过了他的第一次生日。我们的脸上都挂满了泪水，嗓子都哽咽着，我们一起唱，一起说，一起笑，一起戏言。

八月二十四，一个值得记忆的日子。

天高云又淡。

遗失的心境

行走在去单位的一条小路上，这里依然有着昔日的繁华和喧闹。虽然已过了午餐的时间，但马路两侧的小吃店和餐馆还有不少买主和用餐的人。我原本要吃碗清真酿皮，却发现店门关着。继续行走穿过马路去吃陕西米皮，被坐在露天吃麻辣烫的人所吸引，看着两个年轻人十分专注地吃着热乎乎的麻辣烫，不停地发出被辣得过瘾又无法忍受的唏嘘声。我决定吃麻辣烫。虽然店铺很老了，店面也很旧了，店里的环境也实在比不得那些装修过的店面。

我曾经在这家店里吃过麻辣烫，我和女儿一起吃过，接女儿和爱人吃过，还有不回家时独自也吃过。坐在这个破旧的店里，突然生起一种记忆。女儿还小，读小学，念中学，这条马路，这儿的老店都是很熟悉，常步入的地方。为了方便女儿赶时间，有时也为了感受那种热闹，还为了满足女儿的愿望和挡不住的酸酸甜甜、又麻又辣的诱惑，我常行走、驻足在这条老街和那些值得记忆的店面。

好几年前，我曾在一位朋友那里看到一份《作家文摘》，我觉得还不错，也决定买了来看。每周出版两期，一个周日刚过，我就迫不及待地去买。一连去了就近的好几家报刊厅都没有买到，当我悻悻地准备返回的时候，就是在每天送女儿去学校路上的一家淹没在餐馆和水果店间不起眼的报刊摊门口，我一眼就发现了所要买的报纸。我如获至宝，甚至有点欣喜若狂。之后，我每逢周二和周末

的时候，满怀着愉悦的心情，步行去那家报刊店买报纸，沿途的人们也是那样满面春风，不相识的人们似乎也都很友善。送走了寒冬，迎来了春分，几乎有两年多的光景，那条街市，那个旧的报刊店，那里的一草一木似乎都被我细心地读过。

闲暇时，我喜欢毫无目的地逛街，不仅仅是为了沿途看景，更多的是在找寻。

难忘那年那月的一次行走，天气十分炎热，我行走在从单位到市中心的繁华街区，我要找寻一本很老的书。我已经去过很多家大的书店了，都说没有见过或听说过，而我又是那样渴望得到。我决心在行走中找寻。我穿行的是条商业街，但我还是没有放弃。当我挨着店铺找寻的时候，一个极小的仅容得下两三个人的小店映入我的眼帘，是一个文化书店，店名我不记得了，只记得那个牌坊也很旧，与两边装修华丽的商店、大厦极不相称。但这并不影响我对它的喜爱，仅文化两个字就似乎可以满足我的一点虚荣心了。我毫不犹豫地走进去，只有一个老头儿，坐在柜台前戴着个老花镜正看着书，我猜一定是店主了。

“请问一下有没有《梁遇春散文集》?”

我确实不敢奢望在这里能买到我要的那本书，甚至怀疑那个老同志听没听过那本书的作者。

“什么书?”

本不想再问了，凭视觉看一眼就走了。因为这个书店太小了，里面的书也不是很多、很新。但老同志很认真地摘下老花镜问我，我又不得不说出我的需要。

“有。”

老同志很快地从架子上熟练地抽出一本。我简直吃惊极了，觉得有些不可思议，居然能在这样的地方买到我找寻了很久的书。

我在那个极小的冠名文化书店的店里买到了《梁遇春散文集》，稍稍有点旧，仅剩一本了，我十分利落地付了款就飞快地走出了那个小店，对它，对冠名文化二字不起眼的小店的肃然起敬和不可小视也是从那时开始的。

女儿读高中了，我几乎不再去那条街市等女儿、吃小吃。我也从单位订了《作家文摘》，不再去那家书刊店了。我还在各大书城办了购书卡，甚至也在网上购书，行走的找寻淡出了我的生活。今天我才发现，我在遗失那种找寻的行走的心境，那条昔日的老街、久违了的小吃店和淹没在餐馆和水果店间的报刊店。

留不住的青春

总觉得岁月对自己尚可，对大多数人略显不平。虽然也有女子称自己阿姨，有时被比自己年长者唤作大姐。但每每与同学聚会或同年龄相仿的朋友在一起的时候，仍有些许的自信和宽慰，与“不老”和“永远”的缘分似乎还没断然了却，亦如秋色。

中午时分，去银行取钱，一走进大厅，就被一声清脆熟悉的声音所吸引，循声而去，定睛一看，原来是一位曾经的同事。如果没有记错，她是要大我几岁的。曾经光艳的她乍一看依然是青春不老和永远青春的。但是惊叹之余，却也发现，她的眼角和鼻翼两侧也已现出了不少的皱纹，富有弹性且润泽的容颜有了几分沧桑。尽管有两颊胭脂的映衬和靓丽唇彩的点缀，但仍然挡不住渐逝的青春，我也不无感慨那流水般的岁月。

其实，“永远”和“不老”只是一个美丽的谎言和由衷的祝福罢了。无论是久别相逢，还是岁末将至，见面的寒暄和写在卡片上的话语，都不乏这样的言辞，滋润心田，有时还有些回味无穷且意犹未尽。

曾想作一部《永远的青春》，但每欲动笔，又有了一些茫然和不知所措。短暂和易逝，对青春是一个无庸置疑的事实，除了面对还得坦然。无论是五线谱的美妙旋律还是岁月沧桑的斑斑痕迹，它毕竟是一段生命蜕变的记忆和印证，它浓缩和包含的是曾经有过的幸福与快乐、悲伤与忧愁。它已经成为历史，化为回忆，跃然写在脸上，袒露在阳光下，呈现出的是另一种坚毅与不屈、淡定和从容。

走出青春的藩篱，追逐和炼就的当是没有粉饰和奢华的被岁月洗刷过的清澈本然的我。

春 雨

昨天下午开始，天空一点点变得越来越阴沉，乌云遮盖了天空，厚厚地挂在半空中。要变天了，但究竟也不知是刮风还是下雨下雪。虽然立春也有些时日了，但对于北方来说仍有几分寒意。在花期尚未到来，俏丽的衣裙便在街头绽放了。年轻人穿得单薄，大都是为了几分俏吧，而老年人和中年人以及一些小孩子裹得厚，还是信奉春捂秋冻的老话吧。

是春雨。昨天下的是今年入春以来的第一场春雨。下午下班的时候，我的车窗玻璃上已经落满了雨滴，雨滴中夹杂着些许尘土，落在白色的车上十分显眼。空气中也弥漫着泥土的气味。我是从小就喜欢雨后空气中弥漫的这种泥土的气味的。也不知从哪本书上看的，说喜欢闻泥土味的人的体内缺少一种元素。具体缺少什么元素，我并没有太去在意，但雨后行走在被雨水冲刷得格外洁净的柏油马路或青砖铺砌的路面上都是我的最爱。当然能在雨后的乡村漫步，或徜徉于一片盛开的油菜花、格桑花或高粱地、麦田，对于久居喧嚣的我乃是一种人生的奢望和享受。

晚间时候，爱人带着小狗贝贝遛弯，回来后连称好雨知时节呀。原本是想去漫步赏雨的，但无奈时辰已晚，还有手头羁绊的一点学习的事。欲罢不能，但终也因自己的懒惰而没有去雨中漫步，心中多少有些遗憾，这可是今年入春的第一场雨呀。

清晨下楼，就看到了一夜春雨后的花园、草坪和青色水泥的路面，清香的泥土味扑面而来。天空中依然被乌云遮盖着，但云层不似昨天那般低，也不比昨天浓厚。雨似乎驻足了，但仍有零星的小雨点时断时续地往下飘落，云藏于雾，雾含于云，犹如江南水乡。一夜春雨洗却了整个冬天的尘垢，使草木瓦砾都变清新明亮了起来。一想到雨后春笋般的景象不觉有些心动，老树欲吐新芽了，小草倏忽从泥土间蹿出，万物复苏且开始朝着阳光灿烂的地方生长。原来我是独喜欢春天的，我的心总是被雨后春笋般的万物复苏的变与新所羁绊着。

一年之计在于春。春天总是带给我昂扬与向上，激情与豪迈。只有播种方有收获，春天正是播种与编制梦想的时节，而春雨却是滋养她的第一份礼物。爱春天，更爱那绵绵的春雨……

素色花裙

今年的夏天真是有些反常的，芒种过了，气温还徘徊在十一二度。天气几乎放晴一天，就会转阴或淅淅沥沥地雨下个不停。雨水多，南北两山的山头都比往年要郁郁葱葱，对于兰州这样的地方确也是难得的。然而，这样的低温和多雨多少让那些等待许久的爱美的女孩子有些叹息和失望吧。

街上流行花裙子，在天气晴朗的日子，透过车窗发现，年轻的女子步履轻盈地穿越斑马线，她们身着花色的裙子，有素色花的，有抢眼的花色的，大凡都是质地轻薄的面料。黄昏时分的住宅小区的广场，周末的张掖路步行街，满眼可见穿花裙的少女少妇，为夏日增添了丝丝的清凉和几分轻柔。

我喜欢质地轻柔的面料，尤其是素色碎花的，但我总是选它作围巾。前不久，要去参加一个会议，新近搭配买了一套春夏都可穿的服装，总觉得颜色有些素了，把原来的旧服装重新搭配了一套，也觉得有点过时，思忖了许久，还是去商场配了一条浅粉色与银灰色和纯白色相间的真丝围巾，顿时使原本过于素和过时的服装有了灵动的感觉。正是这条十分雅致的真丝围巾为我的此次会议着装带来了不错的效果，得体而不古板。

但对于如此质地轻柔的真丝或纱裙，我总是很喜欢但很少选择，除了它的格外让我太小心而失去了自由的空间。它尽显的华丽比纯棉的质朴，我更喜欢后者，尤其是素色纯棉的花裙，始终是我的最爱。即便平日不大喜欢穿裙子，总觉得它没有牛仔裤装穿着更随意和舒适，我也喜欢素色花裙，纯棉质地的，哪怕独自欣赏或在闲暇或忙碌的时日去遐想一下，也会让我感到一种淡淡的甜美。

与其说喜欢素色纯棉花裙，不如说喜欢留存一段记忆，一种回忆，对少女时代，对青春岁月。曾经因为过于钟爱，而不顾是否适合，是否有中意的搭配，甚至经济的富裕与否，而毅然决然地买下一条刚刚上市的花裙，深咖啡浅粉碎花，纯棉质地，它成为了我的衣橱里的一件奢侈品，只为那一份似水流年的青春的记忆。

初为人母的时候，我就盼望着自己更加年轻一点、漂亮一点、淑女一点。也不知是哪一个烟雨蒙蒙的夏日，倚窗阅读的时候，突然间生起一种渴望，去乡间漫步。我要穿着百褶齐脚的纯棉素色花裙，披着长长的秀发，戴一顶乳白色的圆顶遮阳帽，优雅、悠闲地独自走在青砖铺砌的被雨水冲刷过的小径上，小径的两侧布满杂草野花，远处是望不到边际的叠嶂起伏的山峦，空气中弥漫着草香花香泥土的味儿。

很久了，我渴望的这样一幅图画仿佛印在脑海里，无论忙碌怎样挤占岁月的空间，我的向往与渴望一直留在心间，直到看着一天天成长的女儿，一天天蓄起的长发，还有一天天平添的皱纹。

深咖啡色花裙不是十分提我的肤色，无论如何搭配总是没有我渴望的那种风格，终在压了几年箱底之后，送与了我年轻漂亮的小姨。几年的忙碌，却很少与居住在同一个城市的小姨相聚，尤其在盛夏的季节。终究也不知小姨是否穿过我送的素色花裙，总是想象着穿了素色花裙的小姨一定愈发漂亮与迷人了。

去北京读书，我的一位大姐穿了一条纯棉碎花长裙，颜色虽然有些发旧了，但看着很服贴。大姐说是多年前自己缝制的，穿了好多年依然很喜欢，每年酷热的时候只有这条裙子可以吸汗。一种怀旧，一种质朴，一种生活的积淀和岁月的流淌竟然在一条洗得发白的素色纯棉花裙上尽显出一种生活的鲜亮。

我喜欢怀旧，更喜欢穿过青春岁月懂得怀旧的那些优雅的女人。

寄给飘落

刚参加工作的时候，在书店买到一本台湾女作家罗兰的散文集《寄给飘落》，非常喜欢，爱不释手。除了那些很清新优美的文字，我尤其喜欢散文集的名字和关于集子中的那篇《寄给飘落》的文章。时至今日，我依然喜欢和记起那本书和那篇文章，虽然已经记不得全文的内容了，但对罗兰所描写的那种对生活、对往事、对自己曾经的理想、梦想和所走过的路、所经历过的大喜大悲、起起落落都寄给飘落，从心间抹去，从记忆里划去的超然和淡定记忆犹存。

与过去告别，无论它是成功的还是失败的，都无所保留地寄给飘落，青春年少的我也只是喜欢而并未真正读出、读懂文中的真义。缘何要忘记？莫非是背叛。一度坚守着青春的誓言，在已经成为过去的成功里自我陶醉，面对有过的失败和遭遇的挫折而黯然神伤。像罗兰一样把过去的一切都寄给飘落，从心间划去，告别昨天，重新开始，从头再来，这是何等地难。

在与过去作别，在忘却与回忆中走出自我的藩篱，仿佛经过了很多的时日，经历了很长的路程，直到三十而立，直到四十不惑。我十分庆幸在青春年少的时候读到了《寄给飘落》的美文，也欣慰于而立和不惑之年的重新开始和积极面对，对人、对事、对周围的一切。在学会放下的时候，也努力学着善待，善待自己、善待他

人、善待生活中的一切。当不再和无需把所有的回忆寄给飘落的时候，寄给飘落也成了一段美丽的铅字。

曾想邀你去黄河岸边行走，把往事和过去送给蓝天和白云。也许可以在夜幕降临的时候，坐在临窗的小店享受宁静，让月亮和星星与我们对话。去喝一杯咖啡吧，去品一壶西湖龙井吧，去……我总是想，想和你一起做一些有趣的事，但究竟也不知道能和你、为你做些什么，除了工作。

想法和打算总是被忙碌和辛劳打断，每次看到你的美丽和忧郁，我就想告诉你，寄给飘落吧，把昨天和过去。但每每欲言又止，为何总是相信自己？为何总是杞人忧天？每一个人都是坚韧地去超越自我的。当再一次看到你美丽的眼神和娇人的倩影时，我更加坚定了自己的信念，你正在做着最好的自己。

新年伊始，总有太多的期盼和祝福盘绕在心间，总想很早地把它们分送出去，给我的朋友和亲人，给一切爱与被爱的人们。

真心地祝福并祝愿你，阳光灿烂每一天。

你是我的Baby

也不记得是哪一天了，天将黑的时候，我行走在回家的路上，没有开车，步行着。我看着天空，看着天空中的星星，心中突然生起一种感伤，眼泪花旋即在眼眶里转着。我的心也仿佛被什么刺了一下，不由得鼻子酸楚了一阵。我真的有点不能相信，我不敢相信，明年？抑或是后年？难道我的女儿真的要离开我远走高飞了吗？之后的回来便是度假或是探亲。想着想着，眼泪也不知什么时候哗哗地流了下来。我真的不能释怀，甚至有点失落。

我常常处在极度地矛盾之中，我既希望你离开兰州这个地方，去更远更大的地方发展、做事，实现你的梦想，又不想也不愿离你太远。离我们太近，就在原地生活，总觉得屈就了你，也是我和你爸爸不期盼的。我们从小城到了省城，你应该也从省城到更大的地方似乎更好一点。但我又总不放心你独自一个人在外求学、工作，总有说不出的这样那样的牵挂。好在你一直是一个非常优秀的女孩。所以，一想到你能到更大更好的地方去读书、工作和生活，我更多的应该说还是自豪和期盼。

工作了这么久，仿佛觉得时间很漫长又一切都如昨日，觉得一直很忙碌，很辛劳，没有停下脚来歇一歇，静静地享受生活，但同时也觉得很充实，很踏实，很有盼头，很有意义，这一切都源于你。我真的无法想象如果不做母亲的我的生活会是什么样。我是喜欢孩子的，从我小的时候就喜欢抱比我更小的孩子。虽然我在很多方面还不是一个称职的母亲，虽然我有时候表现出来的是足够的严厉、苛刻、刻薄和无情，但是也不能掩盖我心灵深处喜欢孩子的最柔软处。我连我自己也觉得挺好笑的，也不知从什么时候，从哪里听来的，或者是自己瞎编的一句歌词：“哦，哦，哦，你是我的Baby，你是我的Baby……”我常常在独自步行的时候，情不自禁地唱起这句歌词。以至于后来总想写一篇《你是我的Baby》的文章，但至今也只起了个头，还未写成。

我喜欢Baby，只有孩子是最有灵性的，在一个家里是最具灵动的，和宠物一样，也许不恰当，但我确实是如此感受和认为的。有时觉得看着很可爱，逗着玩很开心，但照顾起来确实也很麻烦，但尽管如此，孩子和宠物是家里的最爱和不可或缺的。

你第一次离开我去了你爷爷奶奶那里，我想这下可以好好轻松和享受一下生活了。但我和你爸爸却突然无事可做了。周末去逛公园和商场都没有兴趣和兴致，甚至觉得无聊。你第一次无人陪伴去北京后，面对你的玩具、你的衣服和各种用具，我和你爸爸竟然长时间坐在沙发上无语，怅然若失。

我和你爸爸从你出生、上幼儿园，上小学，读中学，到高中，我们几乎都在一起，都在除了工作就是围绕着对你的培养。也因为你，让我的生活更加富有活力，富有激情，富有动力，使我的写作有了源泉。

我常常希望我的孩子是最优秀的，最出类拔萃的，最完美的，最……一句话，是天底下最好的。而我也因此常常反思和惭愧自己并不是一个完美的人，一个各方面出色的人。当我如此希望你的时候，我也更加要求自己和提醒自己，一定要努力使自己先完美起来，这样才能有感染力和说服力。也许让你感到失望，遗憾的是你妈妈是一个说得更好而做得并不太好的人。我也是觉得很惭愧。

但是，无论是惭愧也罢，做得不够好也罢，我一直在努力，也有一点点小小的引以自我安慰、感到充实和踏实的小成绩，实现了我的写作梦和求学梦想。这一切都源于你。所以，我还得对你说，感谢你，我的Baby，你是我生活和生命的力量源泉。

我还有很多的理想和梦想，我还想为你写书，想让你带着我为你成长的各个时期的书行走在世界的每一个角落。无论遇到什么样的困难，无论有什么挫折和失败，当你看到你的成长过程的时候，你都不会被击败，被打倒，都会不消极，不抛弃，不放弃，去实现自己的理想、梦想和人生价值。

我还想在你每个生日的时候除了送你喜爱的礼物，还送上我为你手抄的佛经，用我绣的书袋把它精心地装好。我要让它们随时陪伴着你，无论你走到哪里，都会保佑你平安的。

我还想考上律师资格，有一份额外的收入，每年假期，我们一起去世界各地听音乐会、游历……

一句话，因为你是我的Baby，我不想让你受到丝毫的艰难和困苦。虽然要独立，要自立，但只要我能够和可以付出，我只希望在你求学的阶段能够受到最好的教育和艺术熏陶，到参加工作时，能够是一个有理想，有抱负，有追求，有所作为的人。

"哦，哦，哦，你是我的Baby，你是我的Baby……"

伤感和别离是暂时的，带着你的梦想飞翔吧，我会永远期盼和祝福你的，我的Baby。

把心放在一个宁静的角落

四十又二了，每天还行色匆匆，说是为了女儿吧，女儿又是那么争气，让我很是省心。每天驱车往返于安宁和城关两个区之间，路途比在新港城时远了许多，而相形之下又有很多的人都是这样工作和生活着，还有比我路途更远的上班族，大都是公交一族。

这两年，无论在家里，还是行走在路上，或是坐在办公室里，心总是不够宁静。按说生活、工作和家庭该是不错的，究竟缘何如此让心奔波和起伏着，有时连我也没有一个说服自己的满意答案。但有一点似乎经常在脑海里盘绕着，那就是时光。

时光如水，如水的时光，让我的四十岁以后的心每每不能置于一个宁静的角落。在校园里嬉戏玩耍无忧无虑的时光，早已成了一张发黄的书签。渴望读书，渴望写作，渴望文学与艺术，渴望音乐与绘画。渴望能讲一口流利的英语，能烧一手好饭菜，能自己缝制喜欢的服饰……四十岁的年龄，不知他人是怎样的想法和打算，而我仍飞扬着缤纷的梦。

总是极端地拥有一颗要么无所事事，要么豪情满怀的心，碌碌无为与欲罢不能间，心难以归于宁静。在路边的小店里独自用午餐，几乎每次都是同一家清真小餐馆。总也是不大变化的高担酿皮，不要蒜、鸡精、味精，多一点醋和辣椒，只要少许的盐。无论是热天还是冷天，酿皮是必吃的，偶尔也来点甜胚子、灰豆子或热冬果梨和炒粉。独自带着一颗宁静的心品尝这样的风味小吃，心也会格外宁静。尽管有飞驰而过的汽车声音和间或的鸣笛声，也有在同一张餐桌上用餐的谈性甚浓的陌生人，还有从餐馆里的DVD里传来的电视剧对白，所有这些声音绝对都与我无关，都不会让我去洗耳恭听的，只为那颗置于一个宁静的角落的心。

以前我在外面吃午餐总不大喜欢独自去，觉得孤独、寂寞和缺少点什么。每次决定不回家吃午餐的时候，都会迫不及待地临时寻找一起用餐且谈性相投的女友，这样的时候有时能够如愿，多的时候都会化为泡影，缘于相约得突兀且急匆匆的。

而现在有些不回家的时候，却喜欢独自用餐，只想感受把心放在一个宁静的角落的那一份心境，闲适、惬意，一种心灵的感觉和体验。

曾读到过一篇文章，说的是金钱与幸福的关系。有一种说法，说金钱与幸福是密切相关的，金钱愈多的人觉得自己更幸福。而另一种根据跟踪调查得出的结果是，金钱与幸福没有必然的联系。金钱与幸福是否有必然的联系我也曾有着自己世俗的解读，但在当把心放在一个宁静的角落的时候，方体悟到，原来幸福只与自己本然的那颗宁静的心息息相关。

试着把心放在一个宁静的角落，放下忙碌，丢弃匆匆，享受那一份宁静，回归那一种本然的我的心境。年过四十，当作出人生的另一种选择且当为之而努力的。

陈　姐

只知道她姓陈，管她叫陈姐。

在女儿就读宁卧庄小学的那条路上，有好几个缝纫摊点，也不知什么缘故，单单选中了陈姐的摊点。

陈姐长得挺富态的，眼睛大大的，双眼皮，很好看。皮肤稍黑，但很细腻，该是在太阳底下晒得多了。陈姐比我大不了几岁，身材却因为胖少了点型，但这一切都被陈姐的那种源自内在的真诚和善良所淹没了。

认识陈姐是在女儿读小学四年级的时候，学校里发了校服，女儿穿着大了，需要修改。每天都早早地起床，匆匆忙忙吃了早餐就带着女儿出门，晚上下班接女儿回家时大都堵车，回到家时也都七八点了。哪里去修改呢？接女儿的路上无意间发现了路边做缝纫的陈姐。

做裤边两元三元，换一条拉链五毛一块，陈姐的手工如此便宜，而且活也做得又快又好。从第一次修改女儿的校服，到做爱人的裤边，就连缝个扣子都去找陈姐，我发现时间长了还挺想念陈姐的。

我喜欢和陈姐攀谈，在她的缝纫摊边没有人的时候，我情不自禁地问陈姐贵姓，孩子多大了。

陈姐没有孩子，我自己也觉得十分冒昧，但陈姐却很坦然。陈姐喜欢小孩子，对她的小侄子非常宠爱，做裁缝挣了的钱，给侄子买这买那的，从不计较。

我喜欢陈姐身上的一种从容与平和。前来做衣服的人多的时候，她也是不紧不慢地接活取活。有的人十分不耐烦地要求陈姐立刻就做，马上就要拿走。陈姐也还是笑吟吟的，放下正做着的活，没有一丝的抱怨与嗔怒，一丝不苟地做起来。

即便是没有可找的零钱，或者忘了带钱，陈姐也都是慢悠悠地说算了，没有关系的。大凡来做活的，有回头的，但也有路过的，陈姐的缝纫活挣个辛苦钱，如此的薄利，出手又如此的大方。

大冬天的时候，陈姐也是早早出来。陈姐的早餐和午餐都是自己从家里带一点，大多是馒头饼子夹点菜。有一次，我问陈姐："陈姐，你长期这样吃早餐和午餐，身体能受得了吗？"陈姐说："习惯了，还长胖呢。"

有好几个早晨没有见陈姐了，午间去给女儿买饭的时候见陈姐推着自己的缝纫机过马路，手上戴了自己织的半截毛手套。陈姐说那些日子城管抓得紧，不让他们摆摊了。

又有好一段时间没有见陈姐了，几件要改的窗帘等着陈姐做呢。陈姐回老家去了，她的母亲因为给家里挂窗帘摔伤了。

陈姐的父亲去世得早，她和弟弟都在外地做事，只有母亲一人还守在老房子，他们姐弟二人都抢着接母亲出来一起生活，可她的母亲说什么都不肯，只好把小侄子送去做伴。

去北京读研前，我把家里重新布置了一下，从布料市场买了一块红色印花织锦缎，拿到陈姐处做了一对靠垫，摆在书房里还文化气十足的。陈姐说缎面的红色特别正，纹路也很细，只可惜料头少了点。仅剩的一点料头，陈姐不忍心浪费了，说给我做了一个纸巾

盒套。

还没有顾得上去陈姐处取纸巾盒套，我就去北京读书了，一去便是一年。一年后的一天，我去吃午饭，专门看望了陈姐。陈姐惊诧于我一年的无影无踪。陈姐说纸巾盒套做成了，参考了好几个款式，做得非常漂亮，她自己都很喜欢。

陈姐把做好的纸巾盒套装在她的背囊里，带到她的摊点上，等待着我去取。一年过去了，也不见我去，她以为我调外地了。

原来陈姐的爱人居然是搞美术的，在我去读书的那年，陈姐的爱人也考到了中央美院读研。相谈间能感受到陈姐的喜悦与自豪。我也是十分钦佩陈姐的爱人，在这个年龄还能自费去深造，对我的读研也是一个莫大的鼓舞。

我十分想看到陈姐给我做的缎面纸巾盒套，能想象出它的富贵华丽和精美独特。但是从那次回来后的匆匆一见，我便再也没有见过陈姐。

陈姐怕把给我做的纸巾盒套弄脏了，在多日不见我去取后，便放在了家里。陈姐说回头拿给我。我期待着，但更期待着与陈姐的相谈。

去科学院餐厅用餐，总喜欢从南边的门进去，再从北边的门出来，然后沿着南昌路转到渭源路，穿过渭源路十字，经过陈姐做过多年缝纫的地方。

陈姐的缝纫摊和其他的摊点都没有了，虽置身于喧嚣的街市，却有丝丝的寂寞与伤感。

远大目标

人生需要有一个目标，一个远大目标，哪怕这个目标距离你的人生很遥远，它犹如一盏明灯，一根标杆，照亮和指引着在漫漫人生路上前行的你，使你不会迷失方向失去自我。

没有目标和迷失自我是非常可怕和令人心痛的，它会让自己放纵随波逐流乃至走向堕落，留下终生的遗憾与痛苦。它会让人生空过，让时光白白地流逝，使原本灿烂的生命失去应有的光艳而留下太多的遗憾与懊悔。

痛定思痛，总是在不断地自我反省中一次又一次地为自己捡拾起失败和痛苦，一次又一次地为自己树立起一个又一个的人生目标。这是一个自我否定、蜕变与升华的过程，它使我们的人生日趋完美，留下少许或尽量不要留下遗憾与懊悔。

虽然人生少有完美，尽管缺憾也呈现出另一种美，但是我依然崇尚、向往和追求没有瑕疵的完美人生。那就为自己的人生确立一个长远的目标，朝着这个目标坚定地走去，让它成为自己人生中不可或缺的一部分，成为自己生活中不可缺少的一个过程。无论身处什么样的环境，无论遭遇怎样的境遇，不抛弃，不放弃，直至生命的终结。

无数次的反省告诉自己，当人生缺少和没有目标的时候，那一段的人生便是没有航向和迷失自我的。当在痛苦和遗憾的自我挣扎中重新站起的时候，蓦然回首间的懊悔与伤痛总是那般刻骨铭心和难以忘怀。不要让三十岁空过，不要让四十岁空过，不要让自己的人生空过。当时间的秒针在眼前，时光的年轮从指间，在一投足、一回眸、一挥手间滑过的时候，美丽的人生竟然已经过去一大半。愕然间心有所悟，定要为自己的人生树立一个远大的目标，哪怕它离我的生活很遥远，也是必须的，且当下就开始为它而努力奋斗。

为女儿加油

我要为我的女儿加油，从现在开始。很多个日子以来，我似乎很模糊，为女儿的未来。我不担心女儿的学习，一点也不，我对她很相信，很放心，她很努力，很优秀，我很满意。可是，我还是不知道，我该做些什么。我很想帮助她，很想鼓励她，给她力量和信心。然而，我对女儿的未来却没有一个明确的目标。我只是在每天的清晨和晚间为她祈祷和祝福，希望女儿能够考上一所理想的大学。理想的大学是什么，清华、北大、还是复旦、浙大等等。我不知道是否望尘莫及，虽心向往之，却始终不敢表露。

我希望我的女儿能够进入国内的名牌大学，但是我又不想也不敢给她一种压力。我希望她努力就好，但是这种没有一个明确的方向和目标的等待，却也让我的思想和心理多少有了一点没有方向的迷茫、不知所措和说不上的担心。

我喜欢人生有一个目标，最好是明确的目标。我觉得这样就让自己有了努力的方向。而且这个目标应该是自己心向往之的，非常渴望的。这个目标应该是很高的。因为只要是心向往之的目标，也就是所谓的梦想或者理想。大凡梦想或是理想的追求目标总是要远远地高于现实和自己的实际的，但也是最让自己感到心动和愉悦的。

大凡拥有一个让自己心动、感到愉悦和发自内心的心向往之的理想或梦想的人，应该说百分之九十九点九的人都放弃了，或是只是想了想而已，很少真正地付诸行动。因为他们并不能肯定自己的能力，甚至连这样的想法都不敢流露出来。因为一旦流露出来想必一定就被称作是疯子或是神经出了什么毛病的人。所以，一般情况下，只是自己想想而已。

我则不然，所以我在家人或是朋友中，也常常一定被认为是神经不正常或是发狂的人。我常常把我的想法，也是我心最向往之的理想或是梦想不经意间或是特意讲给亲朋或是好友的时候，总是被当场打击或是委婉提醒。直到四十岁了，对于我的未能实现的梦想或是理想，我偶尔会流露出深深的遗憾和还在为之奋斗的努力，亲朋们大都是付之一笑或是抱以一丝同情或是安慰。好在我是一个脸皮有点厚且不容易被他人的言语所动摇自己信念或想法的一个人，所以一路走来，也的确收获了一点点自己曾经的梦想或理想。

我希望我的女儿能够像我一样。我知道我的女儿是那样含蓄和较之我有很好的涵养和自知之明，即便是有自己的想法也不会轻易表露出来的，更何况她还是那种只做不说，或者只是努力地去做而很少挂在嘴上的孩子。正因为如此，我总是担心我的女儿不够自信，不敢轻易为自己定一个很高的目标，不敢想自己最向往的理想或梦想。我更是担心她对自己的能力和潜力的认识不足和为之努力产生的动力和冲劲不够足。我总希望把我的女儿放在一个更高的目标上，放在一个让她有更大自我发展的空间里，使出更大的冲力为实现自己的理想和梦想而努力。

我很想把女儿的理想或梦想写进我的这篇文章里，但是我不敢写下，我害怕给我的女儿带来负面的影响或压力。但是我今天从与女儿的谈话中隐约知道了她的一点方向，虽然也是女儿所向往但从来不敢想的母亲对她的一种期盼，但是仅这一点也让我兴奋不已，仿佛拨开了久聚心中的迷雾。我要为我的女儿加油。我希望我的女儿把自己未来的目标定得更高一点，这样自己努力的空间就会更大一点，即便是失败了又有何妨。

我从外面回来，走进女儿的房间，伸出我的右手，用右手的掌心去击女儿的右手的掌心，说为了她的目标让我们击个掌。女儿刹那间有些不知所措，但随即表示了她的感谢。

我要为女儿每天祈祷和祝福，我还要为她写一本书，书的名字就叫《为女儿加油》，我要在女儿参加高考前把这本书送给她，我一定要帮助她实现她的理想和梦想。

沙枣花香

女儿同学的母亲从欧洲回来，给女儿送了几样小礼物，其中有一块巴黎的香皂，女儿说送给我。我真的心存感激，拿着它有一种异样的感觉。我把它拿到了单位，放在了书柜里，很久了都不舍得用它，直到有一天洗手的肥皂用完了，才忽然想起了女儿送给我的巴黎香皂。

只是一块包装并不华丽的普通香皂，但却散发着淡淡的沙枣花香。

是沙枣花的香味，当我第一次用这块香皂洗手的时候，我就被白色的泡沫里散发出的淡淡的沙枣花香强烈地吸引住。我忍不住把手举到离鼻子很近的地方，深深地吮吸白色泡沫里散发出的沙枣花香，久久都不忍冲去手上的泡沫，等待着淡淡的沙枣花香一点点地散去。

我不大喜欢沙枣树的，虽然它耐旱，有着顽强和坚韧的品质，但它的枝叶不够翠绿抢眼，尤其是树叶上布满白色的斑斑点点带来的视觉效果和触摸时的沙沙的质感，一直是我对沙枣树不能足够的关注和热爱的一个缘由。

不去关注，更谈不上热爱沙枣树，还缘于它盛产于我的家乡，一个为腾格里沙漠所环绕着，极为缺水且日益被沙漠化的一个小县城。因为沙漠化的自然环境和随之而带来的诸多的生存状态，家乡总是与封闭、贫穷和落后紧密地联系在一起，使我的那种本能的自豪感长久地埋藏在世俗的评判里。有时不想认可，甚至不愿面对，当沙枣花香飘过的时候。

对沙枣花香有着强烈而独特的感情，因为沙枣树开出的嫩黄的花？因为沙枣花散发出的淡淡的香？

突然那样渴望一种关注，一种热爱，对家乡。

我的剪贴本里多了一个专题，关于家乡的话题，无论是缺水，无论是沙化，抑或是其他的信息，只要家乡的名字映入眼帘，皆先读，皆必读，皆留存。惊喜、忧虑、希冀与期盼不知何时已经悄然地融入被世俗淹没了太久的自豪感和荣耀感中。总是迫不及待地表白，总是坚定地声称，家乡飘散着沙枣花香。

独　处

紧张的工作，心不够清静。中午加完班去吃午饭，走在大街上，有一种清静的感觉。不认识任何人，不必想任何复杂的事，只看过往的行人，只看那些拥了很多人的小店，只看小贩兜售着开得正旺的马蹄莲和叫不上名的花……

映入眼帘的一切让我目不暇接，只管看着，就有一种快乐，一种源自心灵的快乐。我喜欢这样的独处。和煦的风扑在脸面上，头顶上是暖洋洋的太阳。虽然天空中依然弥漫着少许沙尘，但走在春天的街道上，仍不失有一种经历了漫漫冬季和太多期盼的喜悦。独处的心灵不管怎样也绽放得如花一般。

总在忙碌后逃离扎堆的人群，找寻心灵的宁静与快乐。

逃离喧闹实在是人到中年的一种不错的方式。年轻时怕无人识己，而中年时又怕在应酬中迷失自己。年轻时无论身处何地，清澈的心是不变的。中年时思想大于行动，势力和世俗的习气沾染得太多，交往和应酬成了一个概念和符号。为了保持那颗清澈的心，不让世俗的习气沾染，还是选择逃离为好。在家里独处，那是人生的最高境界，即使只有一杯清茶和一抹阳光，足以让我陶醉。

我对女儿的期盼

是的，你近来的表现实在让我和你爸爸太失望了，我也从来没有这样失望过。我对你的期望也许很高，但这并没有什么错。虽然每个家长都认为自己的孩子是最优秀的，但是我也不像很多家长一样都要望子成龙。我对你的期盼是建立在对你的潜力的充分认识上，而并非凭空想象和个人意愿。我说了，依我个人所受的教育和我所经历的求学道路与人生奋斗梦想的实现状况来看，我对你的期盼一点也不高并且丝毫不过分。没有什么，我只是在履行一个做母亲的职责。我并不要求你为我做些什么，我要做的就是要在你成长的过程中把你培养起来，培养出来，这是我所要做的。我无法逃避，不会放弃，也一定要尽我最大的努力要做到最好。如果我努力了，尽心尽力了，至于结果怎么样，我暂且不去管，但我的内心会感到坦然和无愧的，无愧于对你的养育，无愧于对你的栽培。这就是我的责任，是我的义务，也是我的天职。

对你的期望值高不是凭空想象的，你是有能力和潜力的。我对你的教育从来也是因材施教，因人而已。从你的成长看，你已经走过了一个比较好的发展阶段，受到了比较好的教育。现在你正处在人生中一个最为关键的时期，而你的精神状态却很不佳，没有一个远大而明晰的方向和目标，对未来的一切都很模糊，没有积极地去努力和奋斗的动力和饱满的精神状态。我对你和你所处的这种环境和心态非常地担忧和焦虑。时不我待，看不到你的奋斗方向，看不到你的紧迫感，而高考正在以十分快的速度向我们逼近。怎么办？我着急有什么用，又不是我要参加高考。但不急又会怎样，未来的这一步对你是非常至关重要。等你真正要后悔的时候没有后悔的余地了，没有很好的机会了。但我们着急是没有一点用处的。

我始终相信也一定要把你按照最优秀的去培养是一个非常正确的举措。我觉得也是我自己的经验所得，如果一个人没有远大目标，就会陷于琐碎，就会陷入无聊，就会在很低的需求下生活。我指的不是物质的生活。物质的生活要求低一些永远都没有错，也是一直都要努力去提倡和奉行的，这对自己是绝对有好处的。我指的是精神方面的，一定要有很高很大的精神追求，不管在人生的哪一个阶段，高尚的崇高的精神追求是必须的，否则就是行尸走肉。这也是我们的人生为什么如此精彩的原因所在。学到更多的知识，掌握更大的本领，站在一个更高的平台上，在一个更大的舞台上，去帮助更多的需要帮助的人，为社会上更多的人去做更多的事，实现自己的人生梦想，才不觉得枉费自己的一生，才觉得人生更有意义更有价值，才能体会到生命不息奋斗不止的真正内涵。如果没有这样的目标，当以后你身边的同学朋友都奔向不同的方向，在不同的环境下有了各种各样的发展的时候，当你们之间的差距拉得很大的时候，也许知足常乐是一种自我安慰的心态，但是不生羡慕和赞叹是虚假的，不生后悔也是不大可能的。

对于那些取得大的成绩和有大作为的同学或朋友，我是很赞叹的，他们的成绩和结果与他们曾经的付出是完全成正比的。我没有丝毫的不平衡或嫉妒，除了赞叹便是反省自己，当年的努力还是不够，太不够。起点不高，舞台不大，在那个狭小的圈子里，自得其乐，自以为是，自我满足，安于现状，贪图眼前的很低的享受。当如此过去了若干年以后，当知道更多身边或外面的信息的时候，发现原来生活的空间和天地竟然如此之大，原来外面的世界竟然如此精彩。我说了，并不是外面的世界诱惑着我，而是觉得自己应站在更高的层面上，应该有更高更大的目标，应该做更多的尝试，应该有更高的精神追求才不枉过这一生，总觉得得留下点什么，非物质的，该是精神的。这也是在我人生四十又二的时候最为迫切的想法。

怎么办呢？光有想法是没有用的，现在再不同于青春年少的时候了，说还早，还有的是时间。现在有想法没有条件和机遇根本就是痴人说梦，可以说是真正的空想。但依靠谁都帮不了你，希望别人帮助你实现你的梦想是不可能的，而自己因为在过去荒废了太多的光阴，没有练就一门真正的本事，纵然想干事的心愿很强烈也是干着急。我是意识到了，但是我也并没有也不打算放弃现在的想法，我知道如果那样，当过了四十三，过了四十四、四十五，到了五十岁的时候，我一定又会后悔四十岁时候的放弃和没有努力。按照人生的衰老进程我是还有好几十年的时光，我不能现在就这样让它们空过了。我也常常想起那些六十、七十，乃至八十九十还在做事，做成大事的那些人，如此想来，一切的动力就是人生一定要有目标，一定要从当下开始抓紧一分一秒的时间去为自己的目标而努力。当你努力了、尝试了，你就一定不会后悔的。在这个过程中，要的就是坚定、坚持和坚韧，无论遇到什么外界的干扰和影响都不曾改变直至目标的实现。那时你会站在一个更高的层次上享受你的奋斗带给你的成功的喜悦，这也是别人所无法体会到的，也是我想对你说的和我所期盼的。眼下，只有一年多的时光了，你所要做的

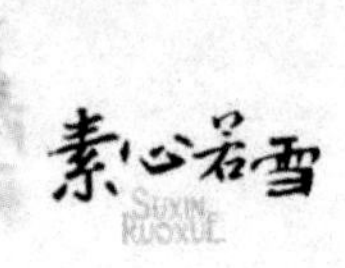

和努力的方向，北大并不是一个遥远的梦想，你完全可以去努力、去追求，哪怕失败了也没有什么，一旦成功了，你会感到你今天所做的努力和付出是多么的必要和应该。有梦想才有希望，这也是你曾经对我说的，我希望你能够用它帮助你去实现你的梦想。

超越自我是最难的，也是最痛苦的，要面对自己的弱点，要克服和战胜人性的弱点。但是超越自我又是必须的，我们只有在不断地超越自我中才能变得更加坚强，更加自信，更加觉得人生有价值和意义。超越自我只有靠毅力、坚持和坚韧。坚持就是胜利，只有笑到最后才会笑得最甜，我期盼着这一天。祝你成功，你的未来不是梦。

期盼与祝福

清晨行走在路上，又是一地的金黄色的落叶，正当凝视着它们的时候，风乍起，吹皱一片落叶，真可谓秋风扫落叶呀，独好在一个扫字。

又是一个收获的季节，又近岁末了，心中多少又多了几分期盼，也平添了些许担忧，怎奈总与洒脱少了一点缘分。生活在世俗的环境里，虽然渴望那种与世无争，如世外桃源般的生活，但总是期盼得多而实现得少。每天仍在世俗里穿行，身不由己，难以看破，难以放下，难以举一颗平常之心坦然面对，泰然处之。每每期盼大于现实，担忧多于平和。

我对我的女儿有所期盼，对我的爱人有所期盼，对父母家人亲朋好友，乃至于对我自己，都有很高很多的期盼，也每天为他们祈祷与祝福。我希望我的祝福和祈祷能够带给他们一些心灵上的安慰和精神上的鼓励与支持。虽然我也有那样多的抱怨与不可理解甚至苛求，尤其是对我的女儿和爱人，我依然对他们充满了难以言说的爱与期盼。虽然这种爱与期盼也许并不为被他们所理解和认可，但是，我还是在期盼，伴随着些许的担忧。

我始终以为这种爱与期盼在我的心中和我的生活中是不可替代和不可或缺的，不管身处何境，不管遭遇什么，不管我的精神多么难以理智与平静，言辞多么激烈与苛刻，我的心和我的信念却未曾

有过丝毫的改变。我依然在清晨，在傍晚时分，在我的心彻底放松和放下的那一刻，我的心又被庄严清净平等慈悲的言语所融化。我要为他们祈祷与祝福，为一切有情众生，在我生命中的每一时每一刻，期盼他们努力去实现心中的梦想。

不称职的母亲

今天一整天我都陷在深深的惭愧之中，在自我反省之中，我又在日记里写下我的自责和承诺。但是，我知道你无论如何都不会再相信我对你所说的一切言语了。因为我自己都感到了厌烦。我不假思索对你激烈而又苛刻的言辞，还有我事后内心充满无限懊悔的表白，在一而再再而三地化为乌有和尽显苍白时，不安和恐惧占据了我的心灵。我依然不安于我的失信于你，恐惧于我强加于你的那种意愿。我实在是枉背了一个“了不起的母亲”，一个“伟大的母亲”，一个“称职的母亲”等等的赞誉。其实，我是怎样的我，你是最有发言权的了，因为我看着你成长的过程，也是你发现和认识我的过程。

我得历数我的不称职，尤其是对你的教育上的不称职。我一直对你说，我一定要鼓励你，我一直很想看轻学习成绩，不想让那些旋即就扔进故纸堆里的成绩成为你成长过程中的绊脚石和障碍。我希望能用看到听来的、或被他人告知的西方教育方式来对你进行有益的引导。我不想让社会上世俗的教育模式影响了你，更不想把自己年轻时的梦想和未尽的理想强加于你。快乐地学习，没有任何负担地学习，按照自己的兴趣爱好选择自己的未来和人生等等。我对你的宽松教育令许多年轻的妈妈们羡慕和称道，使年长的父母对曾经的极端和武断心痛。

然而一切并不是我说的我写的那般美好和完美。羡慕归羡慕，赞誉归赞誉。我总是走在对你的教育的极端路上。我坦言我不比他人强到哪里去，我依然在当前教育的大环境下努力适应追逐并艰难地前行着。我依然潜意识地把我曾经怎么努力都无法企及的梦想灌输给你且强加于你。

我看重你的每一次考试的成绩，我在乎你在班级和年级的名次，我希望你各科学习成绩都是名列前茅。还有名校梦、留学梦，等等。我和千千万万学子们的家长一样，在期盼与焦虑中度过你人生中的每一场考试。

最令我自己感到不可思议和心痛的是，我与其他父母不同的承诺竟然屡屡成为真实的谎言。我想历数和反省并让所有给予我赞誉的亲朋家人、关心关注鼓励我的人们一个真实的坦白：我摘下所有的盛赞的“桂冠”，揭开生活的面纱，一个极为不称职的母亲的内心独白和真实面孔让我那惭愧不安和恐惧的心，稍稍得到一丝的慰藉。当我将一个永远也改正不了的自己展现在我的女儿面前的时候，我希望能够得到她的宽慰并依然欣然接受我的美丽期盼。

掌声响起

“孤独站在这舞台，听到掌声响起来，我的心中有无限感慨……”

也不知道女儿从小是否有音乐梦想，但是女儿成长的过程却始终伴着音乐。女儿从五岁起学弹钢琴，十二年如一日，从未放弃和间断过。就在昨天，2010年7月21日，一个平常而特别的日子，女儿站在了颁奖晚会的舞台上。我不知道女儿那时那刻的心情，而我却是饱含着热泪，满怀着激情，把目光凝聚在舞台上华光闪烁下落落大方和极显平静的女儿。

是的，就在颁奖的那一刻起，我手中的摄像机的镜头始终没有离开过我的女儿，我要为她留下那精彩的一幕，绚丽的一幕。

“妈妈，这次比赛对我来说非常重要。”

我并没有觉得有什么特别的，只是一次比赛，一次比较大的比赛。要在过去，我也许会要求女儿，努力努力再努力，加油加油再加油，而且也一定会在心里期盼女儿能够脱颖而出，捧回一个大奖来。但是对于此次参赛，我只是鼓励她，认真地准备，积极去参与即可，并没有过高的期望。女儿毕竟即将升入高三年级了，比赛的当天正值学期期末考试的第二天。从学校考场到比赛现场，我拉着女儿几乎一路狂奔。女儿是最后一个进入演奏厅的，我也为女儿捏着一把汗，直到从赛场外的电视屏幕上看到女儿镇定自若地演奏，

我怦怦跳跃的心才渐渐地舒缓下来。

“妈妈，我都快瘫倒了。”

疲惫至极的女儿扶着墙壁走出演奏厅。

“毛旦，你弹得真不错。”

我也不知用什么言语来安慰参加了一整天的学科考试又参加钢琴比赛决赛的女儿。

“妈妈，这可是我中学时代最后一次参加钢琴比赛了。”

我有些愕然，转念一想，还真是如此。

女儿为了这次比赛，在每天学科作业很多的时候，依然坚持练琴，我是什么忙都帮不了的。我唯一能做的就是在周末，当女儿开始一遍一遍地练琴的时候，躺在床上静静地聆听，然后在曲子行将结束的时候，走近女儿的身旁为她鼓掌。

我希望我的鼓励能够减轻女儿练琴的压力和比赛的负担。但是，女儿对自己的极其严格和苛刻总是令她不能如释重负。面对女儿学业和弹琴的双重压力，我除了鼓励还是鼓励。

“经过多少失败，经过多少等待，告诉自己要忍耐……”

也许每个人都有这样的心路历程，在青春年少的时代，在梦想纷飞的日子，渴望成功，祈求理解，而挫折伴着寂寞，泪水拍打着胸膛，在风中，在雨中，在烈日炎炎的夏日，在冰雪消融的寒冬，与失败言和，同命运握手，哭泣着，挣扎着，奔跑着，又逐着远方晨曦中冉冉升起的太阳。

十二年的付出伴随着女儿的成长，女儿的付出似乎也早已淹没在了我和爱人每日的辛劳中了。曾几何时，我已不再关注女儿的弹琴，也不再关注女儿的学业，每天只是辛劳地回来，又辛劳地出去，只是看到比我和爱人更为辛劳的女儿。

早起六点半起床，晚上到了凌晨之后才休息。

“觉得累我们就不弹琴了，好吗？”

“不，我不累，弹琴并不影响我的学习……”

多次与女儿商量暂时放弃弹琴，但最终又依了女儿。其实，我又何尝不想让女儿坚持下去呢，毕竟坚持了十二年呀。

陪女儿十二年学琴，我是见证了女儿的付出与收获。在最为艰苦的最初几年，女儿要强的个性和坚韧的毅力，在学琴一年后就通过了全国钢琴业余级的三级考试，之后每年一级的考试，对女儿也是一次又一次的磨练。全省新苗大赛和全国推新人大赛中，女儿都取得了不错的成绩。在初中二年级取得全国业余十级资格证书后，又师从了从白俄罗斯留学回来的李祯玉老师学习钢琴，两年多的学习与提高，女儿的钢琴演技也日渐成熟了一点。

“没有想到，我在高中年级还收获不少。”

女儿在去年的“青春中国·甘肃赛区”的比赛中获得了二等奖。在今年的第六届“青春中国·甘肃赛区”的比赛中又收获了一份一等奖，这也是女儿参加的钢琴比赛中一个比较高的奖项了。

十二年日复一日的付出，当女儿一路坚定地走来时，等待她的也必定是鲜花与笑容了。

“好像初次的舞台，听到第一声喝彩，我的眼泪忍不住掉下来……”

当歌声穿越颁奖晚会的演播大厅时，泪水与汗水交融在一起，我和爱人与女儿缓缓地离开了人声鼎沸的晚会现场。好一阵轻柔的风，从脸颊拂过，吹干了浸湿的发际和那泪水与汗水。驱车回家，心如那闪烁的霓虹灯，还久久地久久地沉浸在幸福与激动的回忆里。

“多少青春不在，多少情怀已更改，我还拥有你的爱……”

整整一个上午，我独自一遍又一遍地听着由歌手凤飞飞原唱的这首《掌声响起》，一次次流下激动而伤感的泪水，为我即将考大学的女儿，为我的青春岁月……

“献上这首歌，希望每一位有志向的朋友，不畏失败，勇往向前。总有一天会成功的，一切失败挫折都是短暂的，只有半途而废才是真正的失败。”这是我从一位叫丑丑的空间里阅读到的一段文字，我把它写在这里，送给我的女儿，为她加油！

每一次的感动

晚餐后走出会议大厅，外面的风刮得正疾，惊蛰后的持续降温让乍露的春色又添几分寒意。我急速地钻进车里，开起了暖气，窗外的寒风时不时地扬起一阵沙尘打在车窗上。才是晚间八点多，路上除了飞驰的汽车，几乎见不到什么行人。还没有出正月，黄河两岸的彩灯正浓正艳，多少也让我在独自的行走中感受到一种节日的氛围与一丝的温暖。回家得沏杯热茶，虽然小姑子告诫晚间时候尽量别喝茶了。还得用热水泡泡脚，虽然常常因为忙碌而忘记了母亲再三的叮嘱。大概因为近来的许多事务和今天一整天的辛劳和气温的骤然下降吧，我是迫不急待地想回到家里，想急切地让身心放松下来。用余光扫着马路两侧的彩灯，不住地踩着脚下的刹车，一阵紧似一阵地回到了家中，已近晚上九点钟了。

“妈妈，你先别动。”

刚一踏进家门，女儿就让我立定在门口，小狗贝贝不住地冲我摇着尾巴，厨房里飘出阵阵的胡麻油香。女儿说有礼物要送给我的。

今天是三月八日，在会场上祝福声不绝于耳，但还是忘记了家人的祝福。

先是爱人送给我一束香水百合，花被淡紫色的漂亮包装纸束着，开着花的一头还用一个白色的塑料袋套着。爱人是在回家的路

上给我买的，怕风吹坏了花瓣。

爱人始终没有出来，他在厨房里忙乎着给我和女儿做饭。女儿说爸爸不好意思送给我，由她代爸爸送给我。

女儿说也有礼物送给我，是一个裹了包装纸的笔记本。女儿依然把自己动手做的剪纸贴在封面上，并写上祝福的话语和画上“心”字状的图案。

我找了一个玻璃瓶，把百合花的根茎部分剪去少许插在了里面，摆放在了卧室里的书台上。百合花散发出的芳香勾起了我对百合花点点滴滴的记忆。中学课本里茹志娟笔下的《百合花》的纯洁纯情，流行音乐教父罗大佑的《野百合也有春天》的洒脱从容，我心中所痴迷与向往的百合花当是高贵但不娇艳，清新淡雅却不失其纯真与质朴，她象征着友谊，诠释着爱情，终究会随着流金岁月而成为一份记忆，一片回忆和一种信念，真的、善的和美的。

写有“Happy Day”的笔记本我十分喜欢，这是我拥有的最为富有童趣和诗意的一本笔记本。不仅仅是因为这是我可爱的“Baby”送的。我喜欢它，是因为每一张彩色的页面里都有可爱的小白兔、小狗、月亮、星星、小房子、被风吹皱的落叶，等等。儿时的生活是最为难忘的，儿时的记忆也是最为光艳的，就算天荒地老，不变的是童真和童趣，而成长的过程却让我们日趋失去了那样的童真，那般的童趣。该写一手好字，该把儿时的相册放入其中。童年时光是那样的陌生而遥远，童年时光是那样的令我垂涎与渴望。手捧女儿送给我的又一份三八节的礼物，我的心再一次地被久久地感动着。我感动在那一时、在那一刻、仿佛被凝固了的一刹那，我的心，我的记忆，我的一切仿佛又回到了我曾经拥有过的童年生活，童年记忆，那样的童真和那般的童趣。

是的，原本是要沏茶的，要泡泡脚的，要学习英语的，要放松身心的，而我却一直被感动包围着，直到一气写下我的感动，写下我所拥有的幸福时刻和生活。

谢谢你们，我亲爱的爱人和我那可爱的“Baby”，谢谢你们。

懈　怠

懈怠，十分地懈怠！近些天来，我似乎完全忘记了自己还有的梦想。我每天都感到很累，困乏难抵，睡到快中午了才迫不得已起床，吃完午饭又陷入困倦之中，昏昏欲睡之中又到了下午时分。

我是那样的疲惫，究竟是忘却了自己的梦想，还是自己的身体长期积压下来的疲惫，我是非常地懈怠。

在懈怠的时候，感到自己仿佛真的老了许多。我真的老了吗？当懈怠的时候，我如此地问自己。我不禁而栗。才过四十岁，真的感到老了，会是什么感觉呢？

放下自己的追求与梦想，脚踏实地于目前已经拥有的生活和工作状态，每天安逸地享受现在的生活，不再有年轻时的那些不切实际的梦想和幻想。像许多步入老年的人们一样，按时晨练，小心翼翼地呵护好自己的身体。人老了，不再比事业、金钱和曾经的辉煌，健康才是最重要的，最令人羡慕和自豪的。闲暇了就与同事或朋友小聚、品茶、论道、闲聊，去健身、逛公园、旅游，等等，总之一切都在悠闲自在中度过，不再像刚入社会时那样辛苦，不再像刚成家立业时那样劳碌。老了，再有梦想也难以实现。当我想到这些的时候，我还是有点怀疑自己，觉得自己离真正意义上的老还是有很大的差距。

没有老，但是又很难抗拒懈怠，这也是我所面临的最为尴尬的一件事。沉浸在已有的成就里，似乎有点太早，因为四十岁，离真正意义上的老，如退休等等，还有十多年。但是，与三十岁，正当年的年龄，又相去十年。在这个年龄，最不容易生起新的梦想，即便生起了也的确难以坚持下来。今天的我就是这样，我似乎忘却了自己还有的梦想，感到自己在这个年龄还有那样大的目标也十分惊讶，感到实现新的梦想的动力会随时衰退，感到由于各种原因觉得实现自己的目标是那样遥远。因为实现目标不如刚涉世那样有股咬定青山不放松的心劲，所以常常因为懈怠就想放弃自己的梦想。四十岁，真是一个尴尬的年龄，我正在面对。

我在懈怠中艰难地往前走，带着自己的梦想依然在紧张和辛劳中度过每一天。我似乎已经习惯了劳碌的生活，常常向朋友说："我生就一个劳碌命的。"

我也想放下身心享受目前的生活和工作，而我又不可以停下追求的脚步。当我完全放弃自己的梦想，安逸地享受生活的时候，我的身心都感到真的老了。我是那样不能面对没有老却已经生活在老年的生活里。我还想在四十岁的年龄做一些有意义的事情，如此才可以坦然面对真正的所谓老年生活。我必须战胜懈怠，一步一步地去完成自己追求梦想的整个过程。当我真的老了的那一天，不会为虚掷人生的这个阶段而懊悔，不会为自己的懈怠留下遗憾，因为我毕竟努力了。

简约谓之经典

对简约与经典并没有十分清晰的认识和更加深刻的理解。

每次整理衣橱，都大有痛下决心与痛改前非之感，虽然对穿衣打扮没有特别的兴趣与爱好，但也像大多数女人一样，衣橱里似乎永远都缺少一件心仪的衣服。每逢过年过节，朋友聚会，外出开会或游玩，乃至重要的公务活动，我都会翻箱倒柜，精心挑选与搭配服饰，几乎每次都会添置一两件可搭配的衣服或围巾、丝巾、胸花之类的饰品，日积月累，我的衣橱里堆满了各式各样的衣服和各色各类的饰品。

其实，我是喜欢简单和简约的，一直在努力和追求，从穿衣到生活。但是我始终没有找到简单的方式和达到简约的境界。几乎每次总结与反省的结论都是性格使然，定力不足。

追求变化，也崇尚时尚，这样的生活理念与方式如影随形般左右着我的生活，对简约的理解和渴望也是望而却步，成了水中花，镜中月，永远都可望而不可及，这也时常令我有些心痛。

总想只身着一两套可换洗的服装，每天也不用为穿衣而花费心思和时辰，衣橱里房间里到处都是整洁简约的，也希望在一套衣服穿得破旧之后再添置新的。这样的生活该有多好，既节约了金钱又节约了自己的时间与屋子的空间。

越积越多的衣服给家庭生活造成了巨大的麻烦，每次过节、换季时的保洁整理和乔迁新居或移居他地的时候，与爱人一起整理家务，爱人都会摇头与叹息，乃至无奈地感叹。感叹我在穿衣方面的投入与付出，令我深深地惭愧。破家值万贯，我得承认我的衣橱里的衣服也是不可不敢估算的一个数字。

浪费，如此惊人的浪费，如此麻烦地整理家务，真的对时尚有些既爱又痛又妒又恨。

对我来说果真是一件很难的选择。我一直在追逐，偶尔也会去逃离。那就是拥有了经典。

经典不是昂贵，也非华丽，而是一种简约与无华。除了牛仔质地的各种服饰，衣橱里唯独那件纯白棉麻褶纹坎肩短衫书写了简约与经典的意义。

短衫是哥哥在巴黎买的，极其简约，没有丝毫点缀，极其朴素，没有丝毫华贵。原本送给妹妹的，妹妹穿了一段时间后，觉得有点大，她又转送了我。

因为是纯白色，所有的颜色都可与它搭配；因为款式简约，既可外穿又可内搭；因为是棉麻质地，有一种自然的褶皱纹理，极其容易打理。一年四季，这件短衫成了我衣橱里的宠儿。甚至外出我也带着它，因为它不会挤占更多的空间。就在前几天清洗时才无意间发现肩部已经破损了许多。

屈指算来，这件短衫已经穿了十几年了，是我所有服饰里最为钟爱的一件，不仅仅因为是哥哥买的，实在也因为它的简约成就了的经典。

如果有这样因简约而经典，也因为简约而从未被时尚所淘汰的服饰陈列在衣橱里,那么时尚与节俭的生活也不是一个遥远的梦了。

我和女儿的英语家教

一直想有一个自己的英语家教，但只是心里想想而已，却始终也不敢说出来，生怕被别人取笑，都什么年纪了，什么时候了，还有这般的想法。但是确实有这样一个想法，就是把英语学得和自己的母语一样，这不是一个天方夜谭吗?

有一位远方的长辈，退休后移居海外。有一年老太太回老家探亲，说要给她的英语家教带一份礼物回去。老太太年逾古稀，她的英语家教是一位二十八九的女子。我从心底里对老太太生出钦佩和羡慕之情。

女儿读小学四年级的时候想报名参加一个英语辅导班，我嫌累且怕麻烦,加之对社会上所办的这类班知之甚少甚至有些许的顾虑。但是在女儿的再三请求下，我还是决定为女儿请一位英语家教。

女儿的英语家教小郭老师长得眉清目秀，端庄大方，温文尔雅，就读省内一所名校的外国语学院，是我托请一位曾在电台工作时的长者的作者推荐的，她当时已经调任外院工作，答应一定要为女儿找一位优秀的英语家教。

小郭老师有着颇好的英语功底与素养，尤其口语的表达标准流畅自如，这是我的这位长辈告诉我的，也是在后来的教授女儿中所证实的。

我十分欣慰和羡慕女儿有这样一位既是老师又是朋友的英语家

教。

小郭老师在研究生毕业的前一年不再给女儿上课了，除了要忙碌论文答辩和分配工作的事之外，她认为女儿可以通过自己的努力考一个不错的成绩了。

我们至今仍然和小郭老师保持着经常的联系，我外出回来的时候仍然会惦记着给她带份礼物，哪怕非常小的，逢年过节也会和小郭老师互发短信或电话问候祝贺。

女儿升高中前收到了小郭老师的鼓励与祝福，女儿非常激动和感动，我更加欣慰和羡慕了。

什么时候我也能有自己的英语家教呢?

其实只是奢望地幻想了一下，没有想到竟然变成了现实。

攻读硕士学位，自以为有着不错的英语底子和超强的毅力，但是连续两年的考试未能过关，我对自己也有些失去信心了。

第一年是自学，第二年是参加了网络远程课程的学习，再加上两年来的每日每夜的刻苦努力，想必是没有问题的了，但还是离成功差一步。

我得请一名英语家教，爱人以为我只是随便说说而已，也不曾表达意见。女儿却是极力赞成，大概是看我这两年求学的辛劳吧。

我求学的年纪实在有些大了，记忆力也差了，学了这么久仍然未有结果。

因为有女儿的支持，为自己请一名英语家教的事似乎可以尝试了。

托了旭东老师帮忙。旭东老师是父亲的同事和朋友，也是我非常尊敬的一位学长，他为我推荐了他的一名志愿者王晓明老师，他目前正在从事英语辅导方面的授课。

约略知道我的英语家教晓明老师本科攻读的是英语专业，研究生攻读的是外国文学。

关于晓明老师，我也没有过多地去关注，只是彼此在电话里约定好授课的事后就进入了学习的第一个步骤——打基础。

管晓明老师叫王老师，听旭东老师说他在毕业工作了两年后又考研了，应该比我小很多的，但是他是我的英语家教，所以一切都是按照师生来的。晓明老师听说我还有一个正在读高三的女儿，遂主动提出来给我的女儿也一起授课。

王老师随和、认真、耐心，我和女儿一起听课，我们的共同感受就是他的知识面宽泛，英语的授课能力很强，其实他所长于教授的不仅仅是英语，在语文和数学方面也很有见地。

王老师授课时有一个鲜明的特点，喜欢用拉长的“嗯”字，这令我和女儿感到十分想笑的同时，也被他的这种不拘谨令人感到亲切且放松的氛围所感染。我和女儿时常强忍住笑，私底下也不自觉地相互用王老师授课时拉长的“嗯”字调节生活气氛。

原本在英语学习上受到很大打击的我，因为王老师的家教辅导，我的学习兴趣也恢复起来且比先前更加有动力了。

我十分感谢王老师对我的英语习作给予的鼓励，更是得益于他对我的文章认真细致地修改，使得我对练习用英语写点心情文章有了一些尝试。我和女儿还非常欣赏晓明老师潇洒刚毅的英语笔体。

有了自己的英语家教，有了学习的兴趣和动力，但是也感受到了一种巨大的压力，学不好将是一种什么样的感觉呢？我想应该是除了惭愧还是惭愧吧。

我想在祝愿和祝福女儿与我的英语学习的时候，还要深深地感谢与祝福我和女儿的英语家教——晓明老师。

独处的感觉

今天我的车限行，我依旧穿了休闲装，运动鞋昨天刚洗过，像新的一样，还有一股洗衣粉淡淡的清香味。没有找到那件橘色的T恤。近来整理衣服，床上堆满了要整理的衣服，在衣服堆里找到了去年在北京和母亲一起买的紫色条纹运动衫，原本是我给母亲买的，但母亲总觉得有点艳且穿着有点瘦，母亲洗过水后一直给我留着，说还是我穿着好看。

本打算乘公交车去单位，但是等了好久后都没有等到，我决定步行去。有些日子了都不曾步行的，突然有点畏惧，而在以前步行四十分钟对我来说是很轻松的。犹豫和徘徊再三，还是决定步行，除了能提前到达单位，更想独处，我有好长时间没有独处过了。

昨天一夜都没有睡好，觉得夜好长，而身体又那样劳累，我是很少失眠的，到底也是有些压力的，而这种压力也不知来自何方。

是女儿的高考成绩即将查询？不，倒也不是。是自己的同等学力的申硕考试？似乎也不是，对于已经经历了三次申硕考试的我，今年也有些疲惫了，虽然与女儿几乎同时参加考试，对已经付出了四年心血的申硕考试此前我也是十分看重和认真的，但与女儿的考试相比，我的成功与否早已不重要了。

我喜欢独处，尤其经历了一夜的失眠。从新港城车站出发，早上七点的太阳光已经很刺眼了，临出门前到车里把太阳镜取上了。

伞暂时不用打，可以走有阴凉的地方。斑马线的路口是立交路，我担心那些右转和不遵守交规的车子，跟着几个行人从桥下穿过马路，只被一辆右转的急速的出租车吓了一跳。

此前总看到路边一家4S店的员工在做晨操，今天却是三名保洁人员在清扫路面，从一团扬起的尘土中跑过，捏着鼻子还是感觉到很呛的味道。

用车水马龙形容过往的车辆一点也不过分，摩的在车流里穿梭，看着让人攥着一把汗。当摩的和电动自行车从人行道上飞速几乎与我擦肩而过的时候，我听到了心脏咯噔的声音。我欲言又止，因为他们早已消失在人群中。

叹息又能做什么，你所面对和生存的环境很多时候你是无法轻易选择和改变的，除了学会自我保护还得学会平和地去面对。

只要发觉爱人又要指责道路拥堵和城市管理时，我会立即搬出关于我们这座城市的小与美，我可不想在清晨就陷入抱怨，因为我们的不满意起不了任何作用，又何必让自己心烦呢。

每天坐在车里的时候，双手握着方向盘只环顾着前后左右的车辆，在遇到红绿灯时还可以读两句英语，其他行走的时间也有好听的音乐相伴。所以，只要能开车的时候真的懒得走路，虽然我是那样热爱走路。

我以为只是上班族辛苦呢，其实那些个体户们也那样早就做工了，沿途有好多家这样的商铺，一路刺耳的锯割声挺令人纠结的，如果是豪华的高楼大厦一定会很幽静的。但随即这样的想法就从脑海中摒除了，那些刺耳的声音也不觉得十分刺耳了，那些漂亮的橱窗都是出自这些能工巧匠。

几次都心动地要买几个新鲜的桃子或苹果之类的鲜蔬做今天的

早餐，一路错过了一家又一家的鲜蔬店和集市，都是怕徒步的辛苦。

面前摆着招牌的民工在家具市场的车站处三五步一个，有的看着过往的车辆和人群，个个黝黑且看上去都很辛苦，有的则手拿一份报纸或杂志看得很认真，旁若无人的样子。

我也曾经在等车的时候阅读过，那种悠哉悠哉的感觉至今想起来还很愉悦。他们的阅读多少是在消磨眼前等待的时光，心里想着一天的生计不知会怎样呢？一旦揽到了什么生意，谁稀罕这样的阅读呀。

兰州最适宜种国槐了，爱人老早就反反复复地给我说过，我还真的没有特别地想一下，种什么样的树好像根本不是我关心的事。但是今天顶着大太阳走在浓郁的国槐下却感觉到一阵阵的清凉，根本用不着打伞，相信在那些斑驳的树影下一定不会把皮肤晒黑的，相反会有一种身心放松且愉悦的感觉。

陪女儿参加高考的时候，通往考场学校去的马路漂亮又宽阔，就是缺少了一点绿色。黄昏时分太阳还高高地挂在脑袋上，几乎所有陪考的爷爷奶奶、爸爸妈妈或其他什么亲朋，人手都摇着一把扇子，我则打着伞在探寻马路两侧一个一个的树坑，原来粗壮的树都被砍伐了，只有围绕在树根周围的一丛丛杂草，让人想象这里原先还栽过长了些年成的树。

这树一定是国槐了，我猜想着。但我更想知道为什么长得那样粗壮的树被砍伐了呢。而它们根本不会影响道路通行的，只会给市容增添不少的姿色，更可以为行走的路人带来一丝清凉。很少抱怨居住环境诸多不好的我，在两天陪考的时间中也有了切肤的体会和难解之谜。当今天徒步行走在南昌路和渭源路两侧的绿荫遮蔽的国槐下，便对国槐生出一种加倍珍爱的情感。

一个上午和一个中午的行走，虽然置身于喧嚣的城市，但那些陌生的面孔和熟悉的街区却带给我独处的感觉，而这种感觉正是我所喜欢和找寻的。

与女儿一起感受跳跃的青春

因为要与女儿一起晨练，我便穿了和女儿在西安游历时买的天蓝色短袖帽衫。帽衫的胸前有一幅暗色的图案，由白色帆布和金色丝线缝制的大写的英文字母，背面也有一幅暗色的图案。

八月的西安十分闷热，我决定去买两件单薄些的衣服。当时在商场里，女儿帮我选服装，我和她几乎同时看中了这件天蓝色短袖帽衫。

我还没有过色彩如此鲜亮的服饰。对从未穿过的颜色，我有一种新鲜特别的感觉，除了欣赏和跃跃欲试，十分想拥有一件，除非与我的年龄和肤色显得格格不入。

在我的印象里，天蓝，海蓝，湖蓝，还有什么粉色，橘色，红色等等，色彩艳丽的服装都不大适合我这类肤色不够白皙，且到了一定年龄的女人，但我仍会对鲜亮和绚丽感到浓浓的兴趣。有很长时间固守着黑色、灰色和咖啡色等象征着年轻与俏丽色系的购衣法则。

自从和女儿一起逛商场购物，我的生活里突然间多了很多时尚的元素。我也买《上海服饰》《时尚家居》《贝太厨房》和《瑞丽服饰》之类的杂志消遣和养眼，但还是因为每天行色匆匆，从早忙到黑，很多杂志买来了，还没有拆封就把它珍藏起来了。不是为了摆样子或是收藏，对于这类杂志，我喜欢在拥有一个好心情，放下万缘，在独享阳光与慵懒的日子，品着咖啡，坐着摇椅，听着肖邦、巴赫等大师们的钢琴曲的时候，随心地随意地去翻阅去感受去捕捉那些游离于日常和平淡平凡生活的都市气息。而这样的日子与期盼和向往，常常被淹没和拥堵在上班的路途和疲惫的夜晚。一切都在等待，每天都在期盼，尽管束之高阁，尽管从天亮忙碌到天黑，因为有一份期待与等待，有一份对青春的热爱和留恋，我仍时时刻刻感受到和享受着青春和时尚的跳动。

这无疑得感谢我的女儿，是因为她，是为了她，我很早地就步入和涌入了时尚的潮流。说是时尚，不如把它概括为青春。女儿很小的时候就喜欢留长发的妈妈，留了近十多年的长长的秀发，如今依然是我青春生活的象征和引以自豪和充满自信的标志。

“毛旦，是盘着好看，还是披着漂亮?”

几乎在每一次的重要活动前，我总会问我的女儿重复了N遍的问题。

“当然是披着了，这样看上去更加年轻。”

不仅仅是要年轻，还需要时尚。

虽然到机关工作也有些年头了，但我还是不大喜欢制式和过于正式的服装，也许是性格使然吧。读大学的时候喜欢运动，每天的训练也是在操场和体操房度过，宽松柔软的运动装一直是我的最爱。

在电台和电视台工作，无需刻意，都与时尚与青春粘合在一起。

喜欢阳光、空气、潺潺的流水和绿色的草原，喜欢在乡间行走，喜欢和女儿一起游历，喜欢在每每被碰撞到心灵最柔软部分的时候记录下自己的感伤感怀与兴奋和激动，那些与自由、洒脱、无拘无束、柔软与粗狂相结合的充满着十足的个性、率真和很酷的服饰、物品和饰品也不知不觉间融入了我的生活，爱时尚爱青春仿佛成了我的又一青春宣言与誓言。

虽然渴望和期盼，但也深谙留住青春只是痴人说梦而已，因此一直以来都是素面朝天，崇尚自然。也非常欣赏那些人到中年以后适当的装束与精心打扮的妇人。洗耳恭听朋友对我需要化点淡妆的良言一度心动，也曾有过尝试，但是只是偶尔的偶尔，被拘束与不自在不自然纠结着，最终还是回归到了本然，本然的黑与白，本然的粗糙与细腻。

但是选择青春与时尚的元素引领和进入自己的生活却是不错的选择。

和女儿一起在路上听Musical Radio，感受那些最新的歌曲和经典老歌带给我们的音乐魅力和享受。去肯德基、麦当劳，到必胜客、星巴克，东方与西方，中式与西式，都市与乡野，无论是文化还是生活方式和理念，都有一种对自己全新的诠释。

“我们曾经……”

“我们那个年代……”

很多时候需要传统，需要回忆，但我更喜欢融入和接纳今大，今天的很多对我而言是一种继承与发扬，背叛与逃避，坚守与变革，等等，都是一个全新的挑战。我喜欢具有在当下的生活生存环境里找到自我的一种生活方式和人生信念与理念。

那就与女儿一起感受跳跃的青春吧，我感动于与女儿在一起的每一天每一刻。穿着女儿给我搭配的最彰显青春魅力的水磨牛仔裤、藏青色针织长袖帽衫和高帮厚底磨砂休闲皮鞋，观看和聆听女儿在中学行将毕业的时候与她的同学和老师在“五月红艺术节”上

演唱罗大佑的《光阴的故事》，为电视选秀的“快乐男声”与“快乐女声”鼓励与加油。

长长的秀发，大大的银质耳环和粗犷的银质手镯，军绿色低腰休闲裤，网面运动鞋，女儿说我的装束趋于艺术和藏民族的风格。这也是女儿喜欢和我所认同的一种风格。每一天都是全新的，每一刻都是全新的，在无暇顾及时尚，在随意打发青春的时候，我的女儿带给了我一种全新的时尚与青春的生活。与女儿一起成长，我的心每一刻都感受到了跳跃的青春。

夏日的夜

晚上去拜见我的英语补习老师，之后与女友一起去市里吃火锅。我们去的是以前常去的一家商厦的火锅城，有些时候我们没有一起在这里吃火锅了，原来的火锅楼层被重新装修了，环境更加舒适，适合邀约亲朋就餐谈天。

我们是从张掖路步行街去的。夏日的夜晚，在步行街上纳凉的人非常多，我和女友一边走，一边谈天，一边看街景，偶尔也看一眼纳凉的人群，不知不觉间就穿过了闹市区，精神格外放松。

我们要了白开水，觉得热天还是非常消暑。油豆皮、红薯、宽粉、西兰花、天然木耳、海带，我们依然点了常吃和喜爱的几样素菜。为我们服务的小姑娘向我们推荐荤菜，我向她表示了我们都是吃素食的。我从姑娘抱歉的言语里约略感觉到了一份尊重。整个用餐非常的宁静，除了餐楼的服务员，还有两三对和我们一样用餐的情人或朋友。

和女友好久没有如此悠闲地在一起用餐谈天了。我和女友谈着各自的工作、生活、理想、梦想、婚姻与爱情。

我们是最后离开餐厅的，关闭了水晶灯后的餐厅那样沉静。走出商厦的旋转门厅，已是晚上十点多了，步行街上依然处处都是熙熙攘攘纳凉休闲的人们，步行街两侧的店铺里正热销着换季甩卖的夏装。

近来的持续高温不知会不会随着再过几日就立秋而骤然下降？今年金城的夏季可不是过去的避暑胜地了，那种即便在夏季也有一种秋高气爽的感觉被近四十度的高温所覆盖。很多人都在盼着下一场雨了，哪怕雷阵雨、太阳雨都好。习惯了干燥、早晚温差大、外面热、室内凉、后半夜兴许还需盖棉被的夏季，生活在金城近二十年，还是难抵持续的高温天气。

仍然从步行街返回，但在途中我们还稍稍绕道去了一个健身中心。只有一个值班的长者，给了我们两张宣传单，让我们明天再来。

我和女友准备健身。女友小我七岁，但是随着工作、家庭事务和孩子的教育上学，也觉得很辛苦，有时精神状态不是很佳。我也是深有同感。几天前接待了一位爱人的大学女同学，告诉我正过着人生中最幸福的时光，甘愿做一名科员，每天有四五个小时的时间在读自己喜欢的书，八小时以外的时间除了做家务，照顾丈夫和孩子，在学习弹钢琴和学跳拉丁舞。

保持身材，滋养气质，健康快乐地过好每一天。我和女友也是异常地兴奋与心动。我们也选择了阅读和健身。虽然一直在努力做，但是仍然有很多时候还是因懈怠难以做好。

我从十多年前第一次见到女友，到今天彼此都成了一个快成年孩子的母亲，我们一直都保持着彼此的真诚与坦率、相互的欣赏与鼓励，还有一种超越年龄的默契与投缘。

爱做梦，爱幻想，却又踏实地生活在十分现实的生活中，在最炎热的夏季的夜晚也不例外，我们一起手拉着手，从喧闹的街市穿过，全然不顾那些坐在街心长椅上谈天的人们，整整一个晚上还在说着我们曾经在少女时代就拥有过的梦想，立下的对生活和事业的誓言。

一定要做一名知性的女性，虽然对知性女性也没有一个清晰的概念，但我们的诠释就是在丈夫、孩子、家庭和自己的工作与事业之外，尽可能地去多读书，努力地去学习一门专业的知识，修心、健身、美容，快乐地过好当下的每一天的生活。

夏日的夜，我和女友又为彼此的倾心相谈和又一个新的生活目标的确立而心怀喜悦。今夜无眠，在梦与现实间行走，平凡枯燥的生活因为有梦也多了一点绚丽的色彩。如果没有了梦，也许我们的青春真的远去了。但愿我们都能够在劳碌平凡的生活之余，给自己的梦想留下一点小小的空间。

春天的脚步

春天的脚步悄无声息地到来了，而我却是一点也没有感觉，或者说是惊奇地发现它的突如其来。

早在春分刚刚过去的几天时间，我的心情就格外地明朗了起来，心中有一种说不上的莫名的但又期盼了已久的快乐。

是春天的脚步。

对四季，在这些年的生活和性格的磨砺中，或者说对精神的追求和内在的修炼中，我似乎已经慢慢地学会了面对并平和地接纳。但是对于生活在金城也有二十年的我，尤其是近两年，越来越不喜欢它的冬天了，我不仅感受到了它的漫长和寒冷，还有它的整个冬天里都被重重的烟雾裹挟着，让人喘不过气来，呼吸不到或者至少不敢也没有勇气站在一个较为空旷的地方大口地呼吸新鲜的空气。

不喜欢冬天，尤其兰州的冬天，还有一个原由是再居安宁。三年时间只不过是弹指一挥间，尤其是工作或者生活忙碌的时候，时光不知不觉就过去了。不只三年，该是好几年。但是，陪女儿读书的三年时间，可是既短又长。说短，是在求学，求学不同于做一件工，是急不得的，需要积累，需要一点一点地去消化。在人生的最为关键的一个过程，有那么多的东西要学，那么多的功课要完成，说三年时间一点也不长，有时还觉得很不够用。

感觉三年时间长，也是我个人的一点心灵感受，有身体的，也有心理的。虽然比起像北京那样的大都市，兰州城区间的距离算不上远了，但是对于兰州本身来说，安宁也算是距离市中心区域比较远的辖区了。最主要的是通往市区的交通总是不够通畅，每天从单位到安宁，仅一个单程也要花上四十分钟到一个小时的车程。满目光秃秃的山和灰蒙蒙的天空，在进入冬天后每天越来越漆黑的天，让我对春天的脚步的渴望似乎无形中也增加了我对金城冬天的一种厌倦和逃避。

哪里有可以去逃避的地方呢？如果不是狭长的地域所致，如果不受南北两山的方位所影响，如果没有……如果去了太多的如果，说句实在的话，兰州还是一座不错的城市。它不够大，无论从城市的规模还是居住的人口，小即美嘛。它的春天和夏季虽不是很分明，但是冬天的室内可以取暖，只要不去户外，还是感觉很温暖的。夏季和秋季用凉爽和秋高气爽来形容是再恰当不过了。冬天不冷，夏季不热，春天和秋天也是非常适宜的，一年四季，兰州算是占全了的。

还有那汩汩的黄河水，穿城而过，给这座城市带来不少的灵气。因为它的夜晚有宁静的河面，因为它的夏日炎炎下有凉风习习。也因为有太多的因为，对这座城市多少还有诸多的眷恋，尤其是一段时间的出差或在外漂泊后，那种急切的盼归和重新的审视。

眷恋也罢，重新审视也罢，但是近三年来的步履匆匆让我对金城的冬天尤为厌倦了。乃至对“冬天来了，春天还会远吗?”的诗句也生出几分怀疑。对我来说，冬天来了，春天仍然还很遥远。

我要拍渐进的春天，从墙角旮旯的第一棵小草破土而出的那天起，从小区停车场的柳树发出第一棵新芽的那天起，从天空渐渐变得晴朗，少男少女们着起单薄的衣装起，从老人们三五成群地坐在

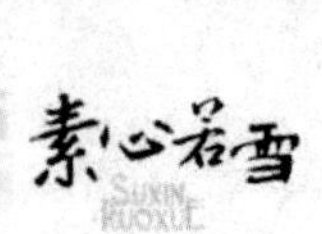

暖洋洋的阳光下谈天、下棋、听戏、看风景起，从……

要去行走，要把行走间的每一件新生的事物，每一个新奇的发现和每一种不同的感受拍下、摄下、记录下，这是对春天最好的记忆。然而，滨河马路两侧的柳树都长出了新叶，粉色的、黄色的迎春花都开得正艳呢。北滨河路马路中央隔离带的矮树丛似乎一夜间就披上了绿装。

究竟是落了陈叶重新长出了新叶呢？还是原先的旧叶转变成了新叶？关于这个问题，我百思不得其解，而爱人却很严肃地告诉我不要再发这样的问题。是先落老叶再发新叶，还是老叶变成新叶，我究竟也没有弄清楚。因为春天的脚步已经来了，而且每天都在变着花样，而我仍每天都急匆匆地行走在春天里，只是偶然地停住脚步，或是透过车窗观一眼破土的小草、绿莹莹毛茸茸的柳叶、黄的粉的开得正艳的迎春花，还有那似乎已经过起了夏天的少男少女们。

春天的脚步来了，我还忘我于期盼中。

随　缘

人生犹如一条流淌的河，从起点到终点，又从终点回到起点，伴随着岁月的年轮仿佛永无止境地悄然从我们的心间和身边淌过。如果不是经历了一些失败和挫折，如果不是遭遇过不顺和逆境，如果尽管徜徉在被快乐围绕的日子，享受于欲望所至的时刻，断然不会停下来歇歇脚，感悟生命的卓然与无常，慨叹生命的可贵与稍纵即逝。

每天为人生而忙碌，为人生之梦想而拼搏，每时每刻都会际遇人生诸多的缘，无论是欢喜还是排斥，无论是积极还是消极，我们都无法逃避，都必然要正视和面对。曾经年少的我，总是不肯相信历史的经验，总是狂妄于自我的意识和认知，在懵懂与自以为是的驱使下与人生的本来和万物的本然相悖，而渐行渐远于人生的坐标。直到某一天的某一刻，当人生遭遇被拒绝，内心刹那间被震撼，心灵感到隐隐作痛的时候，方发现和反省人生的本来和万物的本然是无法违背和抗拒的。是消极地逃避还是积极地面对，终于有了一点点明了的认识。

万物皆缘，随缘则和。原先的自以为是和刚愎自用被现实的逆缘而击得粉碎。遂收起自我的坚持，敛起内心的分别意识，趋向真我和本我。

正视和把握人生的每一次机缘，用心灵去呵护每一份人生的

缘，人生的花定会开得灿烂而鲜亮。当把人生的每一份缘聚积于心间，发散至身体的每一个细胞时，人生的河也会日益平缓而悠远，从起点到终点，又从终点回到起点。

珍爱人生际遇中的每一份缘，无疑珍爱了我们整个的人生。

提高坚守与超越

越是想追求成功，成功越是离你很遥远，眼看着垂手可得，却又只差那么一点。在追求成功的路上，提高、坚守与超越像是一对孪生的姊妹，不离不弃，并肩走在一起，令你哭笑不得。今天的我就是这样一种情形。

从2007年12月入校，开始读在职研究生的申请硕士学位，至今已经四年过去了，读得很扎实，很踏实，也很辛苦。我渴望这个硕士学位已久了，从大学毕业的那一刻起，到为人之母，到女儿即将步入大学的校园，我的心中一直都有这样一个梦想，这样一种渴望，也就有了这样一种执着。

都什么年代了，什么年纪了，还看重这个，这样一种荣誉，一种虚荣。是的，一种纠结，一种羁绊在一个人的心灵上的情结和爱欲，让你无法释怀，无法放下，无法轻易言弃。就这样一路走来，一路辛苦着，也一路思索着，一路寻觅着，生命中那一份最值得珍藏、最为珍贵的东西究竟是什么？

从第一年参加英语考试的三十二分，到第二年的五十三分，到今年的五十二分，我在一种紧张、煎熬和久久的等待中，对成功极为强烈的渴望，到刹那间无法忍受和面对失败的内心孤独与酸痛中慢慢地走出来。经过泪水与风雨的洗刷后，在静候时光的流逝中，那种伤痛渐渐地远离而去，又在新一轮的备考中重新燃起对尚未实

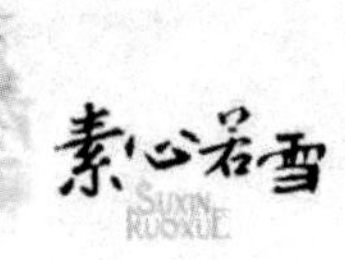

现的梦想的追逐与期待。

依然是那样强烈的渴望，等待我的依然是遭遇失败。事不过三，这一次的我的确没有第一次那样不可抑制，那样情绪冲动又低落。我不知道因为什么，是因为一次和女儿的远行？是因为又获得了心灵的释放？还是因为心向淡定靠近了一步？还是一种不可改变的无奈？说句心里话，当再一次看到自己失败时，心情也是平静中掺杂着一种淡淡的无奈，而也正是这种实在无奈的感觉驱使着我慢慢地一点一点地去回忆。

从零开始的冲刺是极易的，前面没有丝毫的障碍。而三十二之后的改写，也是着实令我欣慰的，五十三的变化实在是一个不小的步子。但是，又是一年的付出，尽管做出了不少的努力，但七分之差的成绩却是在坚守与超越中摇曳着，这真是一件极为不易的事。一分之差落后于去年，但是我坚守住了，这就是又一年付出的收获。未能超越，只能说明我的努力与所要求和企及的尚有距离，这个距离即便一步之遥也是极为艰辛的，我是这样认为的。

从低水平到一个较高的层次，我称之为提高，人生中的这种机遇不难把握。坚守比提高略微难一点，依然需要的是一种执着。最为痛苦的是超越，只有执着是不够的，一种勇气，一种胆量，还有一种智慧。应该说需要放下一切私心杂念用心努力，而这一点我始终没有做到，因为我还随时抱着一个极强烈而渴望成功的欲望。因为有这样的欲望，那颗心也就难以发乎真止于真了。并非真的阿Q，实在是四年来求成功的心被渴望成功的欲望裹得严严实实的。有意栽花花不成，无意插柳柳成荫，在追求成功的路上我并没有把求成功的心放下。

今天，面对第三次离成功还有一段距离的成绩，我在经历了短暂的有点遗憾和无奈中反省和剖析自己，没有了第一次的那种心痛和泪流不止，欣慰于坚守，做好了再接再厉的第四次也是最后一次机会的备考。我想这一年，我得开始我的吉他与钢琴的学习，我得开始我大量阅读的计划，我得每天更加努力地寻找与记录下我的发现与感悟。总之，我不想在只专注与执着于渴望成功的一件事情上，我必须开始我想要做的一切事情，并试着去领略所做的每一件事情的过程上，而不是只追求代表成功的唯一结果。今天我还尚未具备这样的品质和能力，我还在虚名与盛赞面前徘徊。我想人生在经历了很多的挫折，积累了很多失败的经验之后，那种迟到的成功的滋味是什么样的呢？我想我会更加期待着品尝这样一种滋味，无论是苦的，甜的，还是涩的，我相信它一定是十分丰富的。

冬青顶

已经连续下了好几天雨了，冬青顶的路不好走，但我还是想去冬青顶看一看。只听说那儿很艰苦，海拔有三千多米。攀过四千多米的七一冰川、玛雅雪山，也到过布达拉宫，对于三千多米的冬青顶，说实在的我没有一点感性的认识，究竟怎样的高，又怎样的艰苦呢？带着一份未知的想象，带着几份预知的忐忑，我踏上了通往冬青之巅的路。

蓝天、白云，青山、绿水，看似平坦的道路车子仍能感觉到一些颠簸，那些没有铺设的沙石路面真的不好掌握身体的平衡。暂且放下那些未知的想象和心中的忐忑，我要尽情享受一下冬青之阳光蓝天白云。其实，我真的很惭愧，为我这样的念想而深感不安。但是，我的自私与狭隘挥之不去，因为，我知道，我只是一个匆匆的过客，相之于那些常年甚至数十年来坚守在这里的我的同行们，我是那样的卑微和渺小。

在半山腰的一个岔路口，我们下车休息。这里的风光好美，偌大的天然水库蜿蜒着静静地置于阳光、蓝天和白云间，若隐若现于高高低低错落有致的青山间。山连着山，水绕着水，我被这里的寂静所包围，尽管有同行者，但仍感到一丝丝的孤独和寂寞。我不禁打了一个寒战，阳光那样耀眼。我知道，那是我的忐忑。假如……假如……假如……

唉，一切的假如是不成立的，我喜欢看一看，喜欢看一路的风景，但是我知道，我喜欢浮华喧闹处宁静的那份柔弱。我不能战胜它，更无法抛弃它，也就注定了我的性情之中的那份躁动，继而对于冬青也就有了一种敬畏和仰慕，因为无法逾越自我的那道狭隘屏障，又怎能抵达冬青之巅的伟岸呢？

除了看风景，我还在寻梦，寻找童年的记忆和同桌的他。

在来冬青之前，就听说有一位我童年时的学伴。时隔三十多年，我对他的记忆依旧定格在北关，定格在小学喧闹的学堂里。

“是杨建文吗？我是潘涛。”

站在我眼前的这位帅气的男生竟然是建文，高高的个子，适中的身材。透过那副金丝边的眼镜，我依稀想起了读小学时同桌的他的模样。

“这是我的小学同学，我的同桌。”

建文用一口浓浓的乡音向他的同事介绍我，略显几分激动。

在异地，在故乡，三十多年前童年的记忆一点一点地浮现在脑海里。

只记得建文的顽劣和拔刀相助，因为胆怯，我早已记不得与建文做同桌的事了。

“在教室里，你被排球打晕了过去。是我和张老师把你送回了家，张老师抱着你，我们一直守着你，直到你醒来。你妈妈把我好一顿说。”

“那时候身体不怎么行。”

建文抽着烟，慢悠悠地跟我和負海回忆我们童年的往事。

負海也是我们小学一班的，他是快毕业那年来我们班的。后来去当了兵，退役回来后就与建文在一起共事。

那样个性张扬，那般性格外向的建文，如今看上去不仅文气，还有相当的从容和淡定。不管是表象的，还是一时的，我都难以相信和不敢想象。

“二十三年了。”

建文缓缓地倒了一小杯啤酒，慢慢地放在嘴边一饮而尽，然后又接着一口一口地抽着手中仿佛从来就没有熄灭过的香烟。

那天，正午的阳光正刺眼的时辰，我们在经过了约三个小时的车程，终于抵达冬青之巅了。八月正午的山顶在风乍起的时候还能感受到一丝的温暖和煦，但在踏进屋里的那一刻就得加外衫了。

“好暖和呀。”

原来当班的同事在我们到达之前就为我们开启了电热炉，撒进屋子的阳光和着电热炉散发出的温暖气息，走在廊道里的那种阴阴的冷方被驱走。

我不知道水箱里盛的水是不是祁连山的雪水，更不敢冒傻气地问：“那雪水从山下被运到山上，盛在水箱里后的水温有多少？”只觉得水从手上滑过的时候又在打寒战。我在夏天也喜欢和习惯用热水，真是很奢侈和惭愧。

在冬青顶的机房里，二十三年如一日地做着同样的一件事情。对于建文，对于一个曾经如此顽劣的男孩，他的内心，他的二十三年的坚守，我真的想知道关于他的很多很多的想法和很多很多的故事。

“没有什么。如果当年不是因为父亲的决定，我也许不会……”

遵从了父亲的意愿，建文进了广电，到了冬青顶，也就走到了今天。

“好大的烟瘾。”

“因为寂寞嘛。”

“当班之余都做什么?”

“在自己的宿舍看看书，要不然就真的放纵自我了。”

除了敬畏，我似乎没有更为确切的词，对建文，对曾经在这里和今天依然在这里坚守的所有人。

我的心一次次地被一种东西灼伤着，而我竟然找不到它在哪儿。即便是那样害怕那条驻守在冬青之巅的美丽的大狗，我还是想靠近它，甚至抚摸它。我喜欢从它忧郁的眼神里读出那份忠诚。

“不用怕，它最喜欢城市来的人。只要从城市来的人，它连叫都不叫。如果是放牧的人上来，一定会狂吠，挡也挡不住。”

一位在这里工作的同事牵住了大狗的颈圈，那条大狗在他的腿上十分亲密地来回蹭着。夜深人静的时候全凭大狗壮胆了，听这里的同事如是说。

站在冬青之巅看远方，仿佛置身于云海里，用望远镜看更是这样的感受。尽管坐在冬青之巅的一块岩石上留下随风飘扬的倩影，但愈是向远方眺望，愈是感到一种深深的压迫感涌上心头。

因为建文第二天要上山当班，因为我次日要离开，没有更多更深的攀谈，就和建文匆匆而别了。至此，我也竟然没有了一路看风景的心情。是因为建文吗?是因为冬青之巅的险与寒?驻守它的孤独与寂寞?

当遭遇了大雪封山时的寂寥之后，也许日常的寂寞就算不得什么了，我一路这样猜想着。我还猜想着数十年前那些羊儿马儿是怎样一点一点地把那些负重的用品搬上冬青之巅的。

西线之行的欢歌笑语与在冬青之巅诸多的纠结那样鲜明地浮现在眼前，漂浮在云海里。我突然有些害怕，怕那颗被一次次震撼的心灵，随着东去的车程而渐行渐远，最终又被淹没在嘈杂浮华的都市人海里。

我再一次地感到了自己的浮躁、渺小，还有虚伪和胆怯……

人生中的小小挫折

毛旦，我知道昨天对你来说可以说是经历了一次小小的挫折，也许你会说："不，妈妈，对我来说是非常大的打击，非常大的挫折。"其实，我相信那不会是你，而是我曾经经常会有的想法。

从我和你爸爸的愿望来说，当然希望你能够被清华艺术特长生录取，因为，我们从来都认为我们的女儿是很优秀的。但是事与愿违也是我们意料之中的。所以，我和你爸爸的心情很平静，没有为你的未被认定而有什么不快。相反，我们还是很担心你的情绪会受到影响，尤其是我。

失败是成功之母，几乎在我人生的每一步，都要把这句至理名言温习了再温习，烂熟于心。令我感到不解的是，如此的至理名言却在我遭遇挫折的时候丝毫不能说服自己，毫无用处，也毫无力量。但是，我也发现了它的奇妙之处，就是劝说他人。可不，今天就是如此。在昨天晚上你本不愿意查结果，我硬是让你查，以至于你的心情在瞬间低落了下来，我好像还看到你的眼里转着泪花。

我不知道怎样安慰你，尤其在昨天晚上，我的大脑一片空白，只是一个劲地问你爸爸："张峰呀，你说怎么办？没有被录取，会不会影响毛旦的情绪呀？"

我想用惯常的方法，给你写一篇文章放在你的书桌上。但是，昨天我是没有一点点激情来写我想写的文章。睡吧，先任其自然

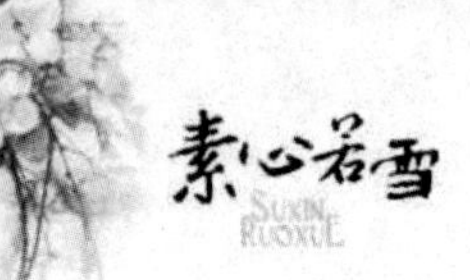

吧。我近来有许多担忧的事，你姥爷的身体怎么样了？潘璇璇是不是长高了？舅舅的工作怎么样了？等等，在发现毫无办法的时候，我采取干脆放下的做法，我看这个方法还不错。总说要看破放下，但总也没有做到，终于在自己没有丝毫办法只有祝福的时候，竟然能够放下了。我也常常为自己在释放自己的心灵负担和压力（其实是多余的）方面取得的一点点进步而感到比较满意。

在一路都很顺利的时候，无论如何也想不到失败怎么会降临到自己身上呢？只是一个劲地懊丧于自己的失败，断然不会轻松地接受失败是成功之母的论断。不过，在经过一段时间或更长时间的痛苦的思考与反省之后，我们应当把过去的一切都抛弃掉，什么失败呀，成功呀，统统抛掉。

人是最脆弱的，但也是最坚强的。生活中真的不乏那种失败后又沉寂了一些时候获得成功的人，对这一类的人，我一直都是以仰慕和欣赏的眼光审视他们的。我钦佩于他们人格的力量，他们向世人展示着自己的不屈，不屈服于人生中的一次次失败和挫折，从而也证明和诠释着失败是成功之母的精髓所在。

是否能够豁然开朗，确实得有相当长的时间和人生阅历的积淀，不遭遇冰雪，不饱受风霜，又怎能待到山花烂漫时？一个惊喜，一次失败，又一个惊喜，又一次失败，人生中如此反反复复的惊喜与失败交融在一起，难分泾渭，久而久之，对惊喜能够淡然，对失败亦有了一份认同。对惊喜的期盼越来越少，对失败的到来欣然接纳。有时候真的会突发奇想，如果把人生中的每一次小小的失败当作一方积木，那我宁愿在成长的历程中收集到多一点的积木，把我搭建的金字塔的基石打得更加坚实一些，从塔底开始，所用的积木越来越少，到了塔尖就只有成功的宝石了。所以，在每一次的失败中去总结一下自己，然后就放下失败的包袱，重新开始，似乎一直在感受着一种全新的生活。我，你的妈妈，今年四十又三，回顾一下自己过去所走过的路，失败的时候似乎更加多一些，但是我从来都没有觉得失败，相反，一直在感受成功的快乐。因为正是有太多的失败，才成就了为数不多的一点点成功，也就愈加觉得它们的弥足珍贵了。如果一路都是成功，我不知道对惊喜和痛苦还有没有分明的感受了。

如果在太多的失败中收获了一丁点成功，我相信你一定对这样来之不易的成功会刻骨铭心的（我是会这样的）。失败是成功之母，我是在失败后的痛定思痛和长久等待中咀嚼它的个中滋味的，也是在试图说服他人走出失败的泥淖中找寻它的光芒。但我更加相信和深知，只有时间和自己才是最为紧要的，我相信我的女儿是好样的。

秋日的风

树叶还绿着呢，就已经能感知到秋日的风那逼人的寒气了。我从书柜里取出一包干馍片，五香味的，但随即又放了回去。我决定去外面就餐，坐了整整一个上午，我得出去走走。

街上的行人大都行色匆匆，裹上了外套，仍有缩着脖子，把双手插在口袋里的。我也在出门时围上了那条不久前送女儿去天津外院时，与爱人和女儿一起买的红底花色图案的围巾。在大多数时候我是喜欢围围巾的，丝质和棉质的，除了防晒，觉着挺适合我。

我慢慢地走在每天都穿过的通往盘旋路的人行道上，两手自然地交合在一起，左臂下夹了一本《爱乐》，六月刊的，一本古典音乐欣赏入门，有关勃拉姆斯管弦乐的专辑，还没有来得及看呢。书非买不能读也，自从订了《爱乐》，就再也没有读完过，更何况其他的阅读呢。

勃拉姆斯为何人？是哪国的？怎么如此陌生？其实，我对很多的艺术大师都是陌生的，如果熟悉的，也多来自于女儿。女儿读大学了，她的钢琴的外套上也沾满了灰尘，仿佛被置在一座久违的老宅里。每天清晨和傍晚时分我都会不由自主地向女儿的钢琴看上一眼，呆呆的，愣愣的。在女儿考完大学时就该学琴了，却一直拖着忙这忙那，如今女儿走了快一个月了，我的思绪还没有从十三年来周末带女儿去学琴的惯性思维中走出来，学琴的事也就这样被一搁再搁。

而对于勃拉姆斯却是要立刻知道的，我迫不及待地翻开这一期的《爱乐》的扉页，直寻《梦也何曾到谢桥——从歌声追随勃拉姆斯的心灵》一章节。“其实，他是作曲家中最喜欢儿童，同时也最被儿童喜欢的一位。”仅读了这样几句关于描写勃拉姆斯的音乐的文字，我就对这个伟大的德国作曲家生出敬仰与喜爱之情。我要把他介绍给我正在就读德语的女儿，想必我的女儿早已知道。我定要买来有关勃拉姆斯的所有音乐来悦己，因为我喜欢儿童，进而喜爱为儿童作曲并被儿童喜欢的作曲家。尽管我对音乐知之甚少，对勃拉姆斯一无所知，但我相信我会喜爱上勃拉姆斯的，我会用他的音乐来填充我那需要滋养的世俗与浮躁的心灵。

独自漫步于有大槐树的人行小道，我的心那样沉静，这是送走了女儿后的第一个淡定从容的时刻。我一步慢似一步地往前走着，身后长至腰际的辫子一左一右地随着我缓慢的步幅左右地甩动着。青春而不张扬，我也自慰于自己的故作青春。女儿读大学了还不愿意蓄长发，而我四十又四了仍在做着女儿三岁时的“我喜欢留长发的妈妈”的梦。

若是碰到一位相熟的人，最好是知己的友人该多好，可以一起谈谈天，一起去吃饭，也好消去这初来乍到的秋日的风带来的逼人的寒气。但转念又被需要和喜欢独自一人的沉静的心打断了，抬头一看已经到了那家不久前和一位友人同来吃饭的餐馆。午餐的时间，已经拥满了人，我点了素包子，只有地达菜馅的。其实我很想吃点饺子的，但恐怕十有八九都是荤的。等到了这个周末，一定要和爱人一起包顿素馅饺子，我和女儿从新加坡买来的包饺子的器皿还没有用过呢。

无论如何喧闹，心却出奇地沉静，我满意自己此时的状态。从包子馆出来，我又继续往前走，我要环绕科学院的外院墙漫步一圈，尤其今天，正午时分。雨后的树是绿的，地上的草坪是绿的，连那半枯萎的花都显出了再生的活力。

因为秋日寒冷的风，今天科学院外墙的人行道上人烟稀少，稀稀拉拉的过往行人大都步履匆匆，有的甚至在一路小跑。我喜欢人少，尤喜欢在这样寒气逼人的秋风中独自漫步，缓缓的，静静的，没有一个相识的人，没有一个知己的友人。

我要给女儿写封信并附上我昨晚写的《寂寥的夜》的诗作，读给出远门的爱人时，他说眼泪要抑制不住了。近子夜了，还是拨通了母亲的电话，当念至将半时，母亲的声音里已带着沙哑与哽塞。我从科学院门口的一家小商铺买了一个小挂件，一只可爱的哭泣的小兔子的毛绒饰物，我将随写给女儿的信和《寂寥的夜》一并寄出。

在半阴半晴的午间，任零零落落的发黄的槐树叶子飘落在这秋日的风里，飘落在烂熟于心的水木年华的《中学时代》那悠扬的歌声中……

怀念王爷爷

王爷爷去世快一年了，我们一家人还经常忆起他，仿佛他仍健在，他的一言一行，他的为人处事，他的博闻强记和渊博的知识，他的刚直不阿和热心善良……他的许多都给我们留下了至深的印象，令我们难以忘怀。

王爷爷最让我难以忘怀的是他对我和爱人的帮助和给予我的女儿的启蒙教育。还在怀着女儿的时候，全家人每天的话题总是围绕着女儿出生以后由谁来帮助带，父亲和母亲还没有退休，公公和婆婆也没有退休，且在外地。

最为焦急的是母亲，四处寻找帮我带小孩的亲朋。

唯一的一个远方继外婆，母亲认为是最为合适的，母亲还希望我和爱人能把我的继外婆养老。我和爱人都表示了毫无问题。

在母亲捎去了信数日后，收到继外婆的音信。继外婆非常想给我们带女儿，但她已经出家当了尼姑，吃素食，与我们生活在一起也不方便的。

我和爱人在父母处住到女儿一岁多，因爱人工作调动，我们又搬回了自己的小家。父母离我比较远。女儿该怎么办？在毫无准备的情况下，我抱着试一试的态度去找王爷爷，没有想到他欣然答应了，我和爱人及全家是万分感激的。

女儿主要由王奶奶带，王爷爷也上着班，他和我在一个单位做事。但是王爷爷对女儿也是倾注了大量的心血。

我和王爷爷住在一个家属院，一条马路之隔，每天下班时把女儿从王爷爷家里接回来后，等爱人回来后才开始做饭，王爷爷发现后，说什么都抱着孩子在院子里转，直到我做好了饭才把孩子抱回来。

女儿午睡的时候要听王爷爷讲了故事后才睡，王爷爷就把家里所有的故事书讲完后没有可讲的了，女儿又缠着王爷爷念报纸。王爷爷说有几次他实在太困了，随便编了几句念给女儿听，女儿说他念得不对，要王爷爷重新念了听。王爷爷惊诧于女儿不识字，却知道他念的不是报纸上的，从那以后每一篇他都认认真真念给女儿听。

王爷爷一生热爱广播，喜欢广播。搞了一辈子广播的他，总是不忘用广播把有些东西留存下来。在女儿学着背唐诗和学唱儿歌的时候，他就用录音机把它们录下来，制成盒带，贴上标签交给我。留存于盒式录音带中的女儿牙牙学语的声音，是我一生的珍爱。

无论是天文的还是地理的，王爷爷总是一览无余地灌输给女儿，他还时常地讲给我和爱人听。我和爱人最为佩服的就是王爷爷的超强的记忆力和孜孜以求的好学精神。都要退休了，还自豪地拿出儿媳给他新买的《辞海》给我们展示，爱不释手间流露出孩子般的天真至今令我难忘。

喜欢探究，喜欢纠错，喜欢讲真话，偶尔也同女儿“较真”。多年后，我回想起，女儿在日常学习和生活中所表现出的严谨和理性的思考，多少也是受了王爷爷善思考、辨是非的影响。一辈子从事广播监听工作的他，退休后仍忙碌于家乡志书和朋友同事书籍的清样校对的活。

我搬家时整理出来一批旧杂志，送给王爷爷后，他却如获至宝，搬到家里后如饥似渴地阅读，那时他已经退休有些时日了。除了听广播，王爷爷还喜欢写文章，把自己的所思所想都记录下来。

王爷爷曾自豪地把他撰写的中学时代母校校庆庆典仪式上的文章朗诵给我听，优美的文字和文字背后的那种震撼力使我对我曾经认识和了解的从事监听工作的王爷爷刮目相看。

日后，王爷爷发表在广播电视报上的关于我的第二本散文集《让我牵着你的手》的书评，让我感到惭愧不已的同时，也对王爷爷对于我这样一个文学青年那种精神上的鼓励，一直深表敬意与感谢的。那篇书评是我收到的第一份关于我的写作的最好礼物。

因为有王爷爷做清样二校，《让我牵着你的手》避免了诸多的瑕疵与错误。《紫丁香》的出版多少感到了十分辛苦，除了写作本身外，清样校对占去了大半的精力，有王爷爷在该多幸福呀。

同学和朋友都说我有福，我还相当愕然。我和爱人都是属羊的，老早就听说“一听属羊的，心里凉凉的”。我便常戏言，哪里有什么福气，我的福气都是父母亲朋和所有关心和爱护我的人给予的，王爷爷便是其中之一。

在我的人生处于最关键的时候，在我和爱人遭遇最困难的时候，在我最需要爱与帮助的时候，是王爷爷给予了我和爱人及我的家庭最大的帮助。

“我挺想念王爷爷，我觉得王爷爷好像还在一样的。”

在今年端午节的那天，女儿如是说。说真的，女儿的话一出口，我竟无语，只有眼泪花转着。

“走，我们一起去看王奶奶。”

每年都是我和爱人一起去看王爷爷和王奶奶的。那天爱人加

班，女儿又那样强烈地想念王爷爷，我便带着女儿去王爷爷的家，看望王奶奶。

在王爷爷的家里，在王爷爷离世的第一个端午节，我和女儿，还有王奶奶，我们述说着今天，回忆着过去，我们的眼角里每每闪着晶莹的泪花。

海石湾

海石湾与红古，红古与海石湾，究竟谁包含谁，谁属于谁，还是融为一体的，我至今也有些模糊，单海石湾这个名字，我是尤为喜欢的，打心里。

有一年去青海，回来时已是傍晚时分，同车的人都昏昏沉沉地睡去，我亦然。突然间有人高喊：“到海石湾了。”

我从昏睡中惊醒，立刻揉了揉眼睛，擦了擦车窗的玻璃往外仔细地探寻。哪儿是海？哪儿有石？哪儿是一道湾？只见夕阳下的一抹云彩，白云伏着霞光，落日陨落在云中雾里，一片云，一座山，一幢幢的楼房，还没有探个究竟的时候，红古也早已被我们甩在了身后。海石湾、红古，我仍在昏沉中琢磨着它们，红古暂被我搁置在一边，海石湾独印在脑海里，无关乎它们谁包含着谁，谁属于谁，把闲暇的心思全放在海与石与湾的拆分与组合上。

海的深邃、宁静、博大，海纳百川；石的坚固、沉稳、质朴，海枯石烂，光明磊落；湾是轻柔的、蜿蜒的、顺势的，一任自然，清澈见底。无论是怎样地遐想，怎样地解读，又怎样地拆分与组合，我都惊叹于它们的融为一体，在心中亮起一道美丽的风景。

就是带着这样的一种无限遐想，今年金秋时节，我再一次走近红古，亲临海石湾，却也丝毫没有去探寻去探究的心思，只是想座落在红古、蜿蜒于海石湾的故事。

在尚未抵达目的地时，我想象中即将接待我们的女主人是沉稳的、从容的、淡定的、内向的、矜持的，也是让我敬仰的一位技术女干部、女领导，能否与她沟通，能否与她相谈甚多？一路上脑海里不住地盘旋着的设问随着车子停下，远远地看见她走来的那一刻，所有的印象和假设都全然消去。

好端庄的一位大姐，好开朗的一位台站负责人。热情、幽默、从容与智慧，让我对眼前的这位女同事、女领导有了一份肃然起敬。

当编辑、记者，从事过播音与主持，办公室、行政管理，因为诸多的相似的工作经历和人生阅历，使我与她有了一种天然的相似与默契。

原本是不饮酒的，但于热情的女主人和这位大姐前，我决定要饮一点的，当然也缘于青稞酿的酒。非喜爱，而是纯粹的青稞酿的酒还稍稍适合我一点。

对酒当歌与把酒问青天，原本是属于豪迈的男性的，一个女性怎能饮酒，且也掩藏着几分豪气，总觉有失优雅的。但那个夜晚，在红古，在海石湾，我与大姐，还有几位同行者，仿佛久违的故人，在热烈的相谈甚欢的宁静的夜晚，我们亦开怀畅饮，亦对酒当歌，为过去的岁月，为青春的纪念，六零、七零，两代人，吟唱着不同时代的歌。

我是不擅歌唱的，尽管也有过十分的向往，但于走过青春岁月的歌，我是不能也无法忘却的。《走过咖啡屋》，在大学的宿舍里听会的这首歌，从九十年代到今天，二十余年的歌唱是我的最爱，亦是我青春的纪念。

“你问我爱你有多深，月亮代表我的心。”邓丽君的这首《月亮代表我的心》，在每一次的人生际遇中，我都愿意用真情表达一份真诚，一份真切。爱是博大的，久远的，只有爱才能拉近人与人之间的距离，消除人与人之间的隔阂与障碍。

《完美生活》与《掌声响起》更是我心中的保留曲目。“青春的岁月，我们身不由己……”每每耳边响起许巍的这首歌时，我的心都会为之一震，为之感动，它是我青春生活的象征。“孤独站在这舞台，听到掌声响起来”，“掌声响起来，我心更明白……”，成功与失败，挫折与坎坷，这一切都经历了，都过去了，都自己一人默默地承受了、忍受了，也就自然成了自己心中永远的痛与永远的歌。

当回忆与记录着逝去时光和青春岁月的歌，在海石湾寂静的夜晚荡漾时，对红古，对海石湾，对这座美丽的小城，留下了一丝的眷恋和无限的遐想。记录着青春岁月的海枯石烂的爱情誓言和四十不惑的光明磊落的人生箴言，孰轻孰重？孰成孰败？这一切都会随风而去，但往事又并不如烟。

精诚所至

不知你是否还记得送给我的第一份礼物，一本小小的极其普通的硬皮笔记本。那个本子似乎已经多年不在了，但是写在本子扉页上的文字以及字迹却至今仍清晰地刻印在我的大脑里，一刻也不曾忘却。

“精诚所至，金石为开”，用纯蓝墨水写的，非常地工整，十分地刚毅，犹如一幅书法作品。我不舍得用它，亦不愿意离开它，就这样每天小心翼翼地放在书包里，带到课堂上，又把它原封不动地带回家里，夜晚学习累了的时候，对自己的求学缺乏信心的时候，我拿出来重新捧读。就这样如此地春去秋来，这本笔记本上除了扉页上你的题赠语，什么也不曾记录过，就磨损去许多，直到我进入大学，参加工作，到后来的多次搬迁后不慎遗失。也许它还在书柜的哪一个角落？

不知他人对此句话的理解如何，我是字斟句酌地抠着它的字义将它吃透的，因为我的愚笨和我的渴望成功。既然是至理名言，那它一定是被诸多的人所证实和经过历史洗刷后的经验沉淀。我深信，也是一板一眼地去躬行，以到达成功的彼岸。

我的快乐源自你的鼓励，我的哪怕一点一滴的成功都丝毫未差地缘于至诚。

今天的你，在社会上也行走了四十余年，与你在一起生活也快二十年了，竟然突兀地问我你的诸多不是。莫非是过于近于你，还是从相识的那一刻起，不曾改变过的没有原由的崇拜，我是支吾地表达不出我的吃惊和窘迫的。

一整天浑浑然地沉睡和简短的交流间透出的无奈与不够自信，我也不知怎样来说服自己，说服你。我是感受到了你的郁闷之情，但是我也坚信你不是那种轻易否定自己和放弃追求的人。我真的坚信。

在今晚的日记里，我表达了自己的一点点自嘲自信与自我的放弃。放弃那些名利，虽然不能完全超脱，但是，只要心向无欲则刚的境界稍稍靠近一点，也能获得片刻的那么一点点的心灵的快乐。我相信在漫长的岁月的日积月累中，这种境界也会越来越走进我的日常生活，成为我生活中的一粒珍珠。

在你和女儿睡去的时候，我又重读了印光大师的法语："世间事事，均须以诚而成。"（《文钞续编》复理听涛书一）

大师的法语犹如一声洪钟，再一次让自己警醒，无论何时，无论何境，无论何缘，无论何事，当坚守一个"诚"字。

我一直以来都坚信你做到了，而且做得很好。强我所难地评说你的诸多不是，我想还是让它们随风而去吧。因为青春的标签永远地烙在了我的心灵里，也洒落在了我生活的每一个角落里。

可以向岁月挥挥手，却无法和青春的誓言作诀别。"山重水复疑无路，柳暗花明又一村"，你不是很喜欢王维德先生写给父亲的这幅书法吗？

精诚所至，让我们一路前行吧。

又到骡马市

今天的骡马市远没有二十多年前的热闹，尽管它比先前更加精致，也可称得上豪华了。莫非我们去的不是时候？现今的骡马市确实不及先前时候的熙熙攘攘、人声鼎沸了。

我是喜欢安静、优雅、舒适，甚至豪华的购物环境的。对于我来说，与其说是去购物，还不如称为追求一种放松和享受。工作了一整天，辛劳了一周、一月乃至一年，我是希望和喜欢在一个环境优雅的商场走走看看的。但是对骡马市独不然，我仍喜欢它的露天，它的所有摊位都一个挨一个，一间连一间地暴露在阳光下，卖鞋的，卖服装的，卖饰品的，等等，甚至还有三步五步就有一个卖甜点、炒瓜子、炒大豆和毛栗子之类的摊点。汉中米皮、岐山臊子面、醪糟汤圆、灌汤包子、麻花油茶，在小寨、八里村夜市上能吃到的小吃都能不经意地在骡马市碰到。逛累了，渴了，但还没有尽兴欲离开的时候，这些小吃店、小吃摊是不错的选择。喝着五分钱一碗的热热的大碗茶，嗑着刚从炒货摊位上称来的葵花籽，慢悠悠地等着老板娘调制米皮，要多一点辣子，多一点醋，几乎所有原先不吃辣椒且很少吃醋的女生，在进校没有多久也练就了与当地人一样的口味。

辣得稀溜溜的，但还是坚持吃完每一根米皮，末了还要喝上几口汤汁，除了节约的理念，确因米皮实在好吃、够味和过瘾，还因为一边吃一边看过往穿着入时、笑声朗朗和彬彬有礼的少男少女和绅士贵妇们，在平民与高贵间，他们都是一道亮丽的风景。

感怀骡马市，其实是在感怀一段时光，一段青春岁月。二十六年了，我对骡马市的记忆依旧停留在二十六年前，不曾有过一丝一毫的改变。2010年的夏季，当我牵着即将考大学的女儿，满怀着一种激动、遐想、期待和茫然不知所措的心情寻梦，寻找二十六年前步入大学校园，在骡马市寻找往日青春的记忆。

整整四年，其实我到骡马市的时候少之又少，在仅有的几次游历中，我也只买过三件服装，但它们留给我的记忆却是深刻难忘的。在大学读书时的所有服装都是母亲请人做的，但我还是忍不住要把省吃俭用下来的钱买两件自己喜欢的服装。因为囊中羞涩，我在骡马市买的第一件服装是一件全棉纯白的圆领针织衫，胸前有一点红色的印字装点，花了十三元，不到当年伙食费的一半，是我存了好几个月的积蓄。

那条前边带扣长不过膝的水磨蓝牛仔一步半裙是我买的最中意的一件服装，也正好花去十三元，因为嫌贵，几次都望而却步，但又欲罢不能，最终还是忍痛割爱买了下来。我在校园附近八里村的集贸市场上花六元钱为这件心爱的裙子搭了一件翻领蓝白条纹T恤衫，仅这一套服装让我的青春岁月增色不少。在那个人人都爱美的季节里，得到一点点赞许哪怕很少，都会让不够自信的我珍藏很久，更何况这套服装得到了很多老师同学的赞赏。在我对过去所有生活的记忆中，只有这套加起来十九元的牛仔半裙和T恤衫让我体会到了经典和永恒。

它的经典不仅仅在于好看。T恤衫是穿得旧了破了无法再修补时才被我用做桌布的。牛仔半裙是在我大学毕业参加工作后，把它送给了我漂亮的小姨，她很喜欢我的这条牛仔半裙。

它的永恒还缘于我喜欢运动、青春和浪漫，对这种充满活力、洋溢青春气息和质朴的服饰风格十分向往。虽然在那个年代，那个年华，我对青春，对生活乃至于对浪漫都只是一种表面的肤浅的充满自我幻想的理解与体会而已，但那却是我最真实的最美的记忆。

我喜欢把我的一段青春记忆锁定在二十六年前的西安古都的骡马市。虽然我赞叹它今天所具有的真正意义上的都市经典和奢华气派，但是我的怅然若失于昔日阳光照耀下的露天繁华和嘈杂叫卖。我尤其喜欢她的平民与高贵间那道亮丽的风景。

骡马市，初来乍到的我听大家都这样称道，满以为是“罗马市”，有道是条条大路通罗马，我从来都没有敢于直面我对“骡马市”即“罗马市”这一本能的以为。直到今天，在大理石面的石碑上金光闪闪的“骡马市”赫然醒目地矗立在临主街的入口处时，我的记忆依旧停留在那个四通八达的“罗马市”。

花开花谢

花开了欣喜若狂，花谢了黯然神伤，始终于花开花谢不够坦然。在台湾一蝴蝶兰的花卉房，竞相绽放的各色各类蝴蝶兰令我目不暇接且惊叹不已，久久不忍离去也长时间无法忘记。

我惊叹蝴蝶兰的美和艳，但我自己却是害怕侍弄的，多半缘于不忍看到它的枯萎与凋零。曾经从花市买回一盆浅紫色的开得正艳的蝴蝶兰，在我精心侍弄不长时间就枯萎凋零了，之后长时间的等待与期盼也是徒然的。叶茂却不开花，我是不擅长于侍弄开花的花卉的，只能羡慕花房花市的蝴蝶兰、水仙、君子兰了。

不会侍弄倒也少了一份伤感，可久而久之也就少了许多惊喜与惊叹，仿佛也少了些许雅致与情趣。

怎奈于无花开的日子呢？当再一次回归于花开的季节时，已是一位每天与星星相伴穿梭于灯光闪烁的街市且步履匆匆的中年母亲。

享受花开的日子几乎只在一刹那的回眸间，或与朋友相聚品茗的偶然时，还有那些挥之不去的记忆里。

但真正喜欢花开花谢这一词一句却是近些日子，且都是些与花开花谢丝毫没有关联的人与事。

花开没有四季，可我却从内心渴望它的持久甚至经久不败，正如我对自己的理想与梦想所盼所待的。而不谙环境中的许多，又固守着一定要保持一颗单纯的心的人生信念，当现实中的不尽人意与单纯的心灵相互碰撞时，痛苦与悲哀也是油然而生的。

心灵的煎熬，随着昨天的结束而尘埃落定，花开花谢似了然于心。曾常惊喜于花开时的芬芳光艳，今也欣然于花谢时的凋零枯萎，万物不正如此周而复始着，宇宙万物间的精灵——人类又怎缘何花开四季？

情人节的记忆

关于这个洋节我是近些年才有了一点了解，也仅是知道它是春节前或春节后炒得非常热乎的一个节日，手机短信，朋友祝福，尤其对它的日子有了比较准确的记忆。

大概是2000年2月14日的那天，下午下班时间快到了，我正准备收拾东西回家，一位女同事急急慌慌地来对我说，“潘姐，今晚是否有事？”

我还着实愣了一下，除了回家，好像没有什么事。逛街、购物、同学聚会、单位加班，我的工作之余的事不外乎这些，但这样的事在那些年也是很少的。就我个人的秉性来说，我更喜欢待在家里，享受读书、听音乐和睡眠的快乐。即便有强烈的愿望出去，也是想见极相投的女友，一起吃顿火锅，在一个很安静的环境里享受倾听与谈天的快乐。我喜欢并希望在人生最为幸运与挫败的时候，或是感觉生活好辛苦的时候，有这样私密的甜蜜相约。

“今天是情人节，咱俩一块去吃个饭吧。”

同事见我还在犹豫就把我拉回到了现实的情人节中。她是一位我刚刚结识的新同事，也是一位小同事，快言快语，非常直爽，读大学、参加工作一切都很顺利，就是把自己嫁出去的事还在拖了又拖。

爱人在单位有事，女儿也不知什么原因不在身边，2000年的情人节，也是我第一次知道情人节的那天，我和我的这位女同事一起过的。我们去农民巷用餐，但是因为没有提前预定，加之又赶在下班的高峰期去的，从东头走到西头，又从西头走到东头，整整一个多时辰过去了还没有找到一个座位，连很小的餐馆都排起了长队。因为女同事是单身，我自己在那一天也是一个人，情人节我们有的是时间，就这样来回地穿梭于农民巷的巷头与巷尾之间，我们一边谈着天，一边在寻找就餐的座位，农民巷的热闹熙攘和大小餐馆的爆满场景仍历历在目。

“下班后在百盛等着我。”

在又一年的一个下午的下班时分，爱人给我打来电话，相约在商场见面，想必是要买些生活用品的。不知从什么时候开始，我和爱人有了一种生活上的默契和分工，爱人、孩子和我的所有穿着的服饰和用品，还有家里的床品、摆设等饰品大都是由我来采购，我是乐于享受布置家并打扮自己、爱人和孩子的快乐时光的。对于那些油盐酱醋、米面菜品类的生活用品几乎都是由爱人购置的，这似乎与我崇尚简单与原味生活，喜欢品味变化着的家居环境带给我的新鲜感受有着极大的关系。我购置生活必需品大都在爱人外出的时候，对于服装和家居饰品的兴致是随性的。

“去三楼女装区吧。”

不去超市？直奔女装区，我真的惊诧于爱人的一反常态。我和爱人去了商场的女装区，眼睛看着一个个装修经典的各类品牌店面，却也不知自己要买什么。要在平时我是有耐性和兴致慢慢闲逛的，尤其看重那些换季打折或断码大甩卖的服装，而与爱人购物我还没有来得及去看就被他拉走了，只去知名品牌的店面。

从这个店到那个店，爱人第一次花了不少时间带着我在女装区逛，从打算给我买一件风衣，到最终选中一件四千五百元的羊绒薄型长款黑色束腰大衣。那一天是情人节，爱人为我买的黑色羊绒大衣和他带给我的那份惊喜雕刻在流逝的岁月里，也雕刻在我的人生记忆里。

“你今晚没有什么事吧？”

依然是在下午下班时分，依然是爱人打来的电话。

“没有。”

多年的夫妻，忙碌的生活，从繁琐的有很多附加成分和开场白的谈话，到今天的“好”、“行”、“可以”、“行吧”等等干涩得令我从来都想不起来的字眼，不知不觉间成了我们生活的主要用语，无论是打电话或是发手机短信，都是很好用的词。

2011年的情人节虽然只有女儿和我吃晚餐，但我还是就简单的菜品也弄得尽可能花样多一点，摆放得艺术一些。因为在今年新春时节，我突然对自己提出一个新的生活目标，就是把一日三餐的生活艺术化。虽然是年复一年一日三餐的生活方式，但如果是用心去做，用艺术的思维将它们艺术化，那每天每一次的用餐都会有不一样的心境。

听着舒缓优美的音乐，品味精心制作的简单但不乏艺术感的一日三餐，我的新生活目标给女儿带来了几分惊喜。女儿为每一道变化了的餐用手机拍照，我也拿我的相机拍。有朋友来家或在外用餐时，我还特意展示一下我的艺术餐的相片。

原本很累的，但还是给女儿蒸了鸡蛋，在出锅时撒上绿色的葱花和红色的辣椒丁，做了新尝试的意大利罗宋汤，还有几样面点和生蔬，用餐时铺了和女儿去年春节时买的花色桌布。

“我要给你说……”

女儿欲言又止，想给我说什么，又说暂不告诉我。对女儿暂不告诉我的事我总是很尊重她的意见。

“当当当当，当当当当，妈妈，爸爸回来了。”

我被女儿从熟睡中叫醒了，还没有反应过来，就听见爱人进门了。

两束玫瑰花。

一束玫瑰花是爱人专门给我定制的，一共十九朵，用米色和浅咖色的纸包裹着，每一朵之间有一片绿色黄边的金边吊兰，富有生机又温馨浪漫。另一束是爱人的战友为我定的，他生怕爱人忙乎忘记了情人节。

凌晨一点了，我和爱人与女儿一起，或捧着或抱着或摆放着情人节收到的玫瑰花拍照。浪漫被辛劳裹挟着，2011年的情人节因为女儿和爱人的心意而给我的生活留下了一份浪漫。

好好休息

也不知是人到中年的累，还是周末连续熬夜的累，才周一，就深感累得不得了，浑身乏力，思维也不够敏捷。相比朋友的长时间加班，且大都是在凌晨一点多钟至天亮（黎明时分），又多在户外，要戴上手套身体力行地亲自干，我是再惭愧不过了。所以，同那些真正加班，牺牲节假日，耗费身体和大脑的劳动者相比，我的累也就是无病呻吟和苍白无力的了。尽管这样，朋友还是忠告我要好好休息。

好好休息，猛地对这个词觉得既熟悉又陌生，仿佛很久了都没有听到过，或者听完了也就漠然地让它过去，并不去真正地在乎或实践，所谓的亚健康或身体透支由此开始了。

过去的累是缺觉，而现在的累很大一部分是心累，好好睡一觉可解决身累，而心累却是不大好解决的，多半都是为工作、人际关系、社会现象，等等。看不惯，又不去效仿，还想活得自我一些、潇洒一些、脱俗一些，而又常常无能为力，久而久之，郁闷在心里，堵得慌，想找朋友聊聊，谈谈，说说，或一醉方休。不管怎样，身累一觉即可，身累可以复制，而心累则难觅良方，解铃还须系铃人，时间是最好的良方。

好好休息，我得给自己买点东西，自从女儿去读大学后，我自己独自时还没有做过一顿像样的饭，我买了两棵菠菜，一大一小，又买了四根黄瓜，还有一小块豆腐和一个心里美萝卜。

想买几个弥猴桃，太硬；又看上了紫葡萄，买了两串，十三元，和女儿在时一样，摆弄了几个碟子，把橙子靠在一起，装上果盘。我先煮了豆腐，又放了自己家产的（楼顶大花盆里栽种的）西红柿，下了两小把碎面，碎面是我的邻居、也是带过女儿的王奶奶送的，很好吃。取碎面时，发现了一盒干蘑菇，我随即打开放了几个。过去把这样的佳品都送人了，今天我想自己享用一下。菠菜是最后放的，锅里的水都快煮干了，但又不敢添水，一定会吃不完的。拉开柜子取了点盐，倒了点香油即关了火，因为再多煮几分钟，一定不是汤饭了。

想看电视，嫌吵，作罢。想放个钢琴曲，也不想听，一般习惯在中午饭时，家里还要特别干净、整洁、卫生，温馨、浪漫，这些全都不具备。近来家里只有几个地方可以落脚，真成了一个懒女人了。电视和钢琴曲都不看不听了，只好一个人独自静心地吃葡萄、蔬菜，最后才就了爱人战友的妻子自腌的剁椒豆瓣下饭菜，一点一点品自己做的汤饭。

平时炒菜还不错，汤饭一般做不好，但也比今天的色香味好多了。今天的汤饭可以说很失败，一来水少，二来豆腐、菠菜太多，还有没有泡开就放进锅里的干蘑菇，总之，味是混合的，也没放葱和姜提味。淡而无味，汤饭煲成了干饭，若女儿在，会鼓励说还不错，营养丰富，但只吃一小碗即可。丈夫会索性吃馍馍夹菜，坚决不吃，宁可剩下。

思想着，吃着，这样的饭无论如何是不敢也不能呈到女友或女性面前的，只要在家里还算主妇。但我相信有一个人会与我分享，而不提任何条件，那个人应该就是知己吧。也只有知己会鼓励、包容、接纳这样一顿素的、富有营养、但淡而无味、也许还是混合了多种口味的汤煲饭。也许会说：挺好，少点盐对身体有好处，尤其晚上不易多食盐，营养搭配还挺科学，等等。一句话，我坚信知己会是你唯一的分享者。

如果丈夫回来了，且心情还颇好，乐意躺在床上看报刊的时候，我会枕着爱人的胳膊睡一会儿，这样会很踏实的，那身累、心累想必都减轻好多。曾几何时，每看到丈夫疲惫的样子，我也就打消了如此休息的念头而独自养养身即可。如果有世外桃源，我愿意去那里休息休息。身心俱累的感觉一定会烟消云散的。我常常这样梦想、幻想一会儿，痴痴的，呆呆的，傻傻的，也可以说漠然的。

好好休息，最为紧要的放下身心中被世俗羁绊的东西，名呀、利呀，活得纯粹一些，真正做到心如止水，身轻如燕，一切都融入自然宇宙万物之中，与日月同辉，与白昼与黑夜相随，一切都自然、本然，没有丝毫的虚伪与造作。好好休息，把心灵放下，让它歇歇脚，但能做到的又有几人呢？我乃凡夫俗子一个，又怎套在世俗的华丽外衣中，而随波逐流呢？不，我仿佛听到有一个声音在呼唤，“在不自由中守望自由……”记不起是谁的文章，独自欣赏着。

是呀，人到中年，一切都不可与其争，与其斗，而是保持一种平和，平和地去随缘，平和地去干好自己的分内之事，平和地对待亲人、朋友。

一个值得庆贺的日子

女儿获得了2011年度清华大学冬令营艺术特长生钢琴测试一级证书，成绩是八十六点三分，这是女儿的胜利。女儿难以置信，我也是非常地兴奋。

我没有难以置信，因为我的女儿是最棒的。就在带女儿去北京参加测试前，我就如此设想，如果女儿成功了，那是她十二年从来没有放弃的艰苦努力，加之女儿在音乐方面的天赋所成就的。我从来都相信一份耕耘，一份收获，这是女儿应得的。假如女儿没有取得优异的成绩，那我也相信，天外有天，人外有人，放在全国，我的女儿不算最优秀的，但她依然是很棒的。我相信他人的实力，但也坚信女儿的功力。我为我的女儿骄傲，为我的女儿自豪，我真的无法表达我的喜悦。

我从来都相信我的女儿，在她决定要参加这项测试之前，我就完全赞成，虽然我的心里一点底也没有。但我支持我的女儿选择参加的每一项考试，这对她的人生，对她的胆识，对她的意志力，对她的耐力的考验，也是对她本身莫大的锻炼和提升。所以，我鼓励她勇敢地去参与，不在乎结果，重要的是这种勇气和过程。

所以，在我的女儿还不够自信时，我写了《相信自己》一文以鼓励她。当女儿在清华被那种考试的氛围包围着的时候，她突然十分渴望成功。那一刻，我能感受到女儿的强烈愿望，我也相信这种愿力会带给女儿强大的冲力，加上她日复一日艰苦训练的实力，她一定会成功的。这就是我的女儿，踏实地行事，低调地做人，又有着一颗渴望成功的心，而对自己又缺乏那么一点信心。我喜欢她的这般模样，也期盼着她成功，因为基石就在脚下。

茶　韵

“向来俯首问羲皇，汝是何人到此乡。未有画前开鼻孔，满天浮动古馨香。”这首落款所南翁的诗句，写在远方的于美珍大姐托朋友从云南给我带来的一盒普洱茶的封页上。如此清绝风格的诗句被毛笔书写后印制在古朴的包装纸上。印制在包装纸上的还有一幅兰花和几方精美的印章，使原本质朴的普洱茶富有了灵动和古韵。久久地看着这幅画面，就在刚才还浮躁不安的心即刻沉静了下来，

仅是目睹着，我的眼前就浮现出一幅闲适地烹茶、品茶的画面。更何况在它古朴的纸质内包装中，透着一丝奢华的外包装盒，抽匣式的，似木纹又似缎面的贴纸把整个包装盒的内外都包裹起来，盒面上用金粉画的一幅一房舍和一老翁的中国画，线条极为简洁，但其意境之悠远给人以宁静淡然之感。

连贴在盒面上的“素心煨茶”的茶标，都有远山、房舍与老翁的笔墨。好一盒精美的普洱。

如此地精美，如此地古朴、典雅，如此地富有茶韵，我又怎么忍心去品尝，去破坏了它精美而古朴的内包装和外包装呢?

我是不忍。虽然于姐说，这份小盒装的是熟普，也让我尝一尝，都是她藏的，如果喜欢，下次再给我带。

熟普与生普，其实我对这些是没有什么研究的，于姐说知道我是喜欢生普的，大概还是因为前几年我曾经写信说，请她给我从云

南带点普洱，兰州市场上的普洱究竟也不识它的真假和品质。那次，于姐问我喜生普还是熟普，我一时也似乎说不上来，大概随口就说了生普。后来，我收到了于姐寄来的普洱茶，有生普，也有熟普，于姐说都是她自己品的。

真正喝茶的，尤其将品茶作为自己生活不可或缺和人生的一份享受的人，那一定是要把藏和品结合在一起的。先藏后品，或先品后藏，用最好的紫砂壶烹上好的茶，在闲适的居所和着一份闲适的心情，那是一份怎样的闲适呀。

多年不见于姐，已过知天命之年的于姐依然保留着一份清新淡雅，生于浮世而避于喧嚣，把玩紫砂而又归于一份茶韵。对于于姐我不能不生出十分的羡慕与赞叹、欣赏与效仿。

"素心煨茶"。最是醉心于"素心"二字，缘于笔名，亦缘于它的少欲，乃至无欲，少妄想，乃至无有妄想，非荤，乃至纯粹于草草木木，等等的内涵。正是素心也道出了茶之道，烹茶、品茶之境界，更于喜茶、藏茶、品茶且寄情于一份茶韵的茶之达人的品质了然于心。

说来惭愧，说是喜茶，其实对于茶与茶之道却知之甚少。也谈品茶，但却少一份精心、精致与精细，而于素心煨茶差之千里。每饮茶于大杯，沏于真空、保温、树脂乃至玻璃等器皿。仅有的一把紫砂壶，虽不远千里从无锡带来，也是在毫无紫砂常识，随波逐流淘于当地旅游景点附近的一家小商铺，就品相和砂质都没有丝毫的考究，而且价格也比较低廉。因为几经周折而来，所以自己还加倍珍爱，除了偶尔在闲适的时候拿来沏茶自饮，几乎把它当文物般陈列在我的书柜里，有好茶的朋友来家做客，还要给朋友展示一下，这还是八九年前的事了。最近，我的这把紫砂壶又被我摆放在了家里的红木茶水台上，比不得青花瓷的将军罐和笔洗，但我还是喜欢它的拙朴。

于姐说，每晚都要品茶的，更把玩把玩紫砂壶。我的心一下子被于姐的茶与壶攫住了。于姐的品茶究竟暗含着怎样的道呢？于姐的紫砂壶又有着怎样的品相与质地呢？真的想飞到于姐独自品茶的闲适之地，也真的想品一下于姐亲自烹的上好的生普熟普或其他的茶品，更想体悟一下于姐那颗素心煨的清新淡雅之茶。

我要压制自己对环境的喋喋不休的抱怨之情，要放下对现实和未来还有诸多奢望与幻想的心，要看破心存人我的那道心灵的防线。

我也不促膝与于姐相谈长谈，虽然那是我多年来最渴望做的一件事。但我相信我不会，在与于姐一起分享她的茶韵人生的那一刻，我只想将心止于那一份闲适，那一份宁静，还有那一份避开浮世与喧嚣的淡然的心。

一份素心，一份煨茶的心。

冬天里的春天

从同事处搬来一盆花，应该说是一盆草本的植物，也不知什么名，记得当时看着长得很旺盛，遂向同事索要了来。也许是温度的缘故，也许是光线的因素，也许是忙碌的原因，总之，自从那盆原本长势很旺的不知名的花，放到我的办公室里的时候，它就先是干死了几枝，而后是有几枝总在疯长。想起来了浇点水，有时一晃好几周也顾不得它了。

大概没有过多久，实在因为这盆草科的植物没有了刚搬来时的那种给人以生机勃勃的清新感觉，终于下决心把它从办公桌最显眼的位置移放到了通往阳台的门的中央地上，同橡皮树等耐旱的花放在了一起。

对于这盆花我是有点彻底忘记了，偶然间给橡皮树浇水时才发现，还有这样一盆不知名的草本的花存在，它依然有几枝枯死了，可做标本的，还有几枝疯长得不成样子了。曾试图修剪一下这盆花，但转念又改变了主意，因为它的不知名，因为它的失去了长势茂盛的光艳，也因为它的疯长和一半的干枯。

要去一个新的地方办公，在整理完所有的东西时，我又发现了放在地上的这盆不知名的花，经过了快一个冬天，它的枝叶彻底地完全枯死去了。想用它作盆景，左右都看不出来它的型，欲废弃时，我又舍不得那个小花盆，虽然是塑料的，但小得还算可爱。没

准来年清明前，还可以派上用场的。

咔嚓咔嚓，毫不犹豫地把那些疯长后枯死的枝叶剪得秃秃的，仅剩几枝短短的枝子，也许可以用做花肥的。

一个看上去满可爱的砖红色的小塑料花盆，摆在阳光充足的窗台上还是很惹眼的，尤其正午时分，把淡绿色的窗帘拉下将半的时候，若隐若现，若明若暗间有一份温情与浪漫。只是盆里被我剪得只剩几支枯枝的花，看上去有些煞风景。

"改日我得把枯枝换了。"从搬好新的办公室的那天起我就这样思忖着。

竟不知又到了年关，忙忙碌碌的工作让我把换花盆的事一古脑儿给忘了。只忙着手头的事，正午坐在洒满阳光的办公桌前享受一份慵懒的心情也被搁浅了，煞风景的枯枝也不在我的视线之内。

新年后的第一天，当我走进办公室的那一刹那，我被眼前的一抹绿吸引住了。

"呀，简直是奇迹！太不可思议了。"

被我摆放在窗台中央的枯死的那盆草本花长出了鲜嫩的枝叶，有两枝，且长得十分旺盛，如初春草儿发的嫩芽，柳树抽出的新枝。这盆不知名发出新的嫩枝的草本花在太阳光下，在半拉着淡绿色的窗帘前正在茂盛地生长着。

那天才二九第四天，莫非是冬天里的春天?

我用最快的速度仔细打扫了办公室的每一个角落，尤其把这盆草本的又长出新枝的小花盆细心地擦了又擦，连放花盆的托盘也被我拿到了水房清洗得没有一点水垢和泥土。大理石面呈雪花状的窗台台面光洁如玉，与新生的鲜嫩的不知名的草本花相得益彰，尤其在严寒的冬日给我带来了一丝春天的气息。整整一个上午，我都在静静地观看这盆枯死已久又获新生的花，猜想着它的死而复生，感叹着它不可思议的超强生命力。

冬天里的春天，在新年后的每一天里，我都在用心呵护着带给我生机勃勃的清新感觉的不知名的草本花，无论是浇水和修剪，我都是那样地专注。橡皮树也在发新枝，文竹也在争着往高里长，但它们远没有像这盆花一样格外地受到我的关注与呵护。因为这盆草本花的脆弱与不可思议的超强生命力的缘故吧，更因为它在冬天里死而复生后带给我的春天的气息。

“冬天来了，春天还会远吗?”这句在中学时就背得滚瓜烂熟的雪莱的诗句总也感受不到它的真切含义，只是机械地去引用。而今天，在我的办公室里，在一盆盛开的不知名的草本花的枯死与复苏中，在不经意间的长久的淡忘与等待中，我真切地走进了冬天里的春天，独享着这份欣喜，回味着这一份温馨与浪漫，当然还有一份对生命的忍耐与敬畏。

相信自己

去参加吧，我从你选择参加清华大学艺术特长生考试的那一天起，就站在你的一边，支持你，为你鼓掌，为你喝彩。为什么呢？因为我的女儿有一种勇气，有一种勇往直前不甘示弱、勇于挑战的勇气，我钦佩，我赞叹。我想我应该告诉你我的真实想法，就是这样，鼓励、支持、赞叹。

其实，不管结果如何，我认为你已经成功了，你选择了国内一流的名校，且只招收一名艺术特长生。这是需要多么大的勇气呀，而你坚定地、毫不犹豫地做出了，这令我多少有些惊喜、不知所措，当然也有很多的担忧。

我默默地把这份惊喜藏在心底，同时也默默地每天为你祝福，祝愿你取得优异成绩，祝愿你一举获得成功，虽然这似乎有点天方夜谭。只招收一名，且在全国范围，难道你的孩子就是最优秀的吗？尽管如此，我还是在欣喜中为你祝福着，在期待中等待着，仿佛你已经成功了，仿佛胜利已经在向你招手。

是的，天底下没有哪个妈妈不认为自己的孩子是最棒的、最优秀的，只不过大家都比较含蓄一些，都不好意思在众人面前表示出唯自己的孩子最优秀而已。但私底下，内心里并不这样，依然认为自己怎么样，优秀不优秀无关紧要，但自己的孩子一定比自己强百倍、千倍，那是再优秀不过了。不知别人怎样，我就是这样的一种心理，过去这样，现在依然这样，未来也是一定不会改变这样的想法。

但我对你也总并不这样说，且对你时常要求十分严格，有时也有些不近情理。我也不知我为何会这样，为什么言不由衷呢？明明对女儿很欣赏，很满意，可就是不去表白，就是不去说。

我就是不说，觉得似乎不到时候，觉得那样说出来就不够好了，酸酸的，假假的，而我宁愿把它放在心里独享着：唉呀呀，老天真是有眼，我自己很丑，却生了一个美丽漂亮的女儿，五官是没有什么可挑剔的。虽然谈不上什么美女，可已经让我非常非常欣慰和满意了。还有，我自己很笨，学习上很吃力，而我的女儿却很聪慧，让我很自豪，很省心，这一点也是我的福分，我怎么就有这样大的福分呢？我得感恩一切，还有身高，我自己不够高，而我的女儿已经超过我好多，也让我不再去担忧。还有……还有好多，反正从女儿出生的那一天起，我就希望我的女儿一切都平平顺顺，保持现在的状态就很OK了。我也不求我的女儿各方面一定要出类拔萃，那样肯定会让我感到很大的压力。

我希望我的女儿什么时候都是积极的、努力的、快乐的、向上的，就很好很好了，无论成功与失败，只要能够勇于去面对就很好了，我想这一点比什么都重要。我相信只要去努力，就一定会有一种机遇，而坐等一定是没有任何机遇可言的。所以，我赞叹我的女儿，只要有一次机遇，就一定不会错过，一定要去尝试一下，我觉得这一点非常非常难得。

我时常感到那样庆幸，如果不是女儿选择参加师大附中的宏宇班招生考试，女儿一定也不会觉得附中的校园更加令她喜欢，也就不会有坚定地要考附中这一档事了，当然也就不会坐在附中的校园里读书了。

而女儿选择了，也成功了，我还能说什么呢？这一切都是女儿自己争取来，自己得到的，我只是在那天陪她参加了考试而已，且为她的选择捏着一把汗。但女儿成功了，她的优秀再一次证明了她的选择。

今天，女儿又一次做出了选择，在外界看来是十分渺茫的，我和爱人也一度这样认为。但我们有一个共同的特点，只要是女儿选择了的，就一定去支持她，不要让她的人生留下什么遗憾。而且我还认为这会是女儿一生中一笔宝贵的财富、难得的经历，这种经历和锻炼一定会对她未来的生活有很大的影响。

我陪女儿参加过很多次大赛，每一次大赛对她都是一种历练，每一次的历练就像一级一级的台阶一样，都是一种积累。

有百分之一的希望就去做百分之百的努力，不去管结果会怎样，你所做的就是把你的所学所知最大限度地最佳状态地把它爆发出来，释放出来就行了。细节决定成败，既然参加了就好好地去准备、去努力。

还有艺术特长生文化课的测试，非常必要，也非常好，对女儿的促进会是很大的，我非常赞同。

岁末将至，随着女儿和我的考试日渐临近，焦躁和心烦也多有发生，对女儿多少也有一些影响。但不管怎么样，我一定会支持我的女儿的，因为她相信自己，那样坚定，那样努力。我没有理由拒绝和否定我的女儿，她在实现她的梦想，她在为她的高考做每一点的努力。我很惭愧，说要鼓励，再也不去埋怨、抱怨，但仍那样疾风暴雨地批评，数落女儿，令她那样伤心落泪，而我的内心并不是那样的，除了支持还是支持，我会支持她的每一次每一个选择，我一定不会让女儿的每一个梦想留下什么遗憾。

只要努力了，参与了，尽力了，就是一个成功者。所以，我想告诉我的女儿，你已经成功了，放下你所有的包袱，轻装上阵去把自己表现好，反映出来就行了。

相信自己，我祝愿并祝福我的女儿。

惜　春

清晨，看到那些干枯的落叶被一一装在白色的编织袋里，然后压得厚厚实实，用一根指头粗般的绳子紧紧地扎住开口的那一端，一包一包地被摆放在马路的一侧，片刻又被运走，我的心里不免又是一悸。这下，原本嫩绿、翠绿、墨绿的柳树、槐树、榆树，还有那些曾经开得令人眼馋、心生嫉妒，而又流连忘返的月季花、美人蕉、迎春花，以及淹没在杂草丛中、田间地头的野菊、蒲公英和含羞草，等等，预示着春天，昭示着勃勃生机的春的使者，就这样在刹那间被炎热的夏日，被丰硕的秋日和瑟瑟的冬日埋葬了。从被清洁得只有枯枝与些许落叶和发黄的草坪旁驶过，黯然神伤是必定的。

无论如何喜欢夏日的阳光和夏日的夜晚，也无论那些穿着薄如蝉衣的妙龄少女给我留下怎样的回眸与顾盼，与经过了萧瑟的严冬在阳光照耀但丝毫也不起眼的犄角旮旯破土而出的小草带给我的春天的讯息，那样令我惊喜、激动相比，它们还是逊色了又逊色。

也曾在进入秋季的那一刻起，在我的手提包里总是惦记着一样东西，那就是我的相机。对摄影毫无天分的我却也在每个秋季，面对层林尽染，像枫叶的红，如金子的黄，似紫藤的褐，扣动快门，锁定每一片次第变换着面孔的枫叶、紫藤和叫不上名的树叶。我承认，每天遥远的车程也因了这份尽收眼底的秋色而缩短了心距。

纵然这般，我也只是将秋色摆放在床前案头，而断然不曾将它们锁定在我的心房里。我害怕，害怕一种采撷后的失去，失去一份渴望、一份期盼。

冬天里的第一场雪是令我欣喜的，还穿着等待换季的单衫，天空中就飞舞起了洁白的雪花，虽然夹杂着些许的尘土，但是飘落在尚存生机的绿叶上，风景这边独好。而我仍然把它们装在了我的相册里，锁在了我的抽屉里。在偶然疲惫时，也许会悄然地将它们摆在写字桌上赏析那么一小会儿，之后便是长久地置放，直至落满了灰尘。

尘封瑟瑟的冬日，满心装的都是春。新生的、鲜嫩的、活泼的、可爱的，搜肠刮肚、绞尽脑汁，总也无以用言语、文字来表达对春的眷恋与爱慕。

其实，我是在用心抵挡着那不可抗拒的自然之力。啊，我的那颗心是如此地贪婪，在随年轮转动的四季里，我只想把春雕刻在一幅长长的画卷上，镌刻在我的心灵里。但究缘何，唯贪婪尔。

迟到的祝福

近来的你看上去很疲惫、很辛苦，也有些许的无奈。我不知道如何安慰你，也不知道对你说些什么，更不知如何做，怎样帮助你，我的情绪也随着你的心情而起伏和变化着。

我约略能感知到你的辛苦和无奈，但我知道我是毫无办法的。人到中年，一路走来，竟然面对你的无奈与无助而无语与无所作为。

只要不无动于衷就好，我常常这样安慰自己。无动于衷的漠然本身就是一道心灵的屏障与藩篱，而我是不需要如此的屏障与藩篱，虽无语，虽无所作为，但我仍能感知你的气息，呼吸你的心灵深处那最为柔软的部分。

我开始抱怨你的冷漠，对我不似从前热情。抱怨在家里，在孩子面前面露严肃与言语生硬。即便连续追问你也不肯承认，间歇的谈话和沉沉的酣睡，我知道了你的累、你的痛。

人到中年，最难觅到一份心向往之的洒脱，无论怎样地去阅读，怎样地去交往，怎样地去面对与适应，那种追求，那种向往，那种仍不忍放弃还紧紧抓住的理想，羁绊与纠结地让自己无法释怀，无法解脱，无法透过现象去探究本质，就这样兴奋着、痛苦着与挣扎着，除了万般的无奈，万般的辛苦，还有一种不可言说的焦急的期盼与等待。

我们都在等待，等待着一种被接纳与认可，为社会，为我们生活与生存的每一个环境。为了心中那依然燃烧着的理想与梦想，热情与激情，我们依然在等待，哪怕有一丝凄婉。

其实，凄婉有什么不好。总觉得凄婉中有一份美丽，有一种宁静与清纯。我喜欢这种凄婉，至少她是少了世俗的。

在你最忙碌的时候，在夏日最为炎热的日子，在你的心境最为不佳的时刻，我毅然决然地选择了出差，而且是连续的，虽然我觉得有些不仁不义，虽然冠之以工作的名义，但我依然选择了。

我知道我在逃避，逃避一种人到中年徘徊在十字路口的累。离开工作与生活环境的一切景色都是诱人的美丽的，天总是很蓝，水是那么清，空气清新，而行走的人也是那样友善。

本是要很好地赏景与写诗作赋的，但是在瞬间的美景过后，漫长的路上，我却在一点一滴记忆起我们一起走过的路。我是那样地被你爱着，呵护着。你是那样地意气风发，为我，为我们的女儿，努力地工作，默默地毫无怨言地为我，为女儿，为我们的家庭，筑起一道生命的防线和坚强的屏障。我不知道怎样感谢，怎样感恩，只是坦然地享用与默默地祝福。

我回想起我们一起走过的无数个日子，竟然所有的日子，所有的细节，我都不曾忘记。一切的喜怒哀乐，都刻在脑海里，写在脸上，珍藏在心灵里，那是我们青春与爱情的最好见证。

一路的回忆，一路的述说，一路的体验，都是些最为平凡的生活琐事，却每一次都令我难以忘怀，心生感动。

平凡的生活让人觉得踏实，觉得平静而不浮躁，仿佛行走在大路上，踩在草丛中，不必瞻前与顾后，身是清新自如的，心是洒脱自由的。

冲破理想与梦想，与平凡中寻找快乐与健康的生活。

带着草原的风、阳光和空气，我又回到了浮华与喧闹中，我知道我还会身不由己，但我可以用我的文字，写下我体验的平凡快乐，送给我的爱人，为他已经过去的生日。愿这迟到的祝福，能驱走他心中的不快。

敦煌行

敦煌我也曾游历过、亲临过，对它的艺术与文化约略有所了解，很肤浅、很短暂。因为它的璀璨与光艳，深奥与绝伦，对于敦煌总有几分望而却步，渴望而又不敢走近。然而，尽管在忐忑间，今年八月时分，我还是再次亲临了它，短暂地游历了它，而与莫高窟和月牙泉是无关的。

八月十六日那天正午，我们的车子还没有进入敦煌市区，远远地看见仿效敦煌莫高窟的建筑群就映入眼帘，修剪整齐划一的柳树在公路两侧摇曳着，仿古的建筑在柳树的映衬下呈现出一幅令人充满怀古、遐想与惬意和舒适的美景。我喜欢如此的美景。

此行的所到之处是单位所辖的一个台站，它位于离敦煌市区不是很远的郊野，周边是一望无际的田野，有高高大大的白杨树，整个院落宁静而富有生机。一走进台站的大门，我就喜欢上了这里。这个院落，虽然是第一次来到，但似乎很久前到过、住过。因为院落的布局与栽种的花草、树木、庭院、走廊，这一切都酷似我在读中学时父亲办公的场所，我在整个中学时代，周末的时候都去父亲办公的地方读书、休息。好一个读书休养的地方，突然间对在台站工作的同事生出几分羡慕来。远离市区的喧闹，在院落的走廊漫步，坐在葡萄架下纳凉，月圆的时候冥思，即便是所有的树叶都落尽了，也还能体悟到一种亘古的萧瑟。

“我们住台站的客房了，给你登记了外面的宾馆。”

当同行的一位同事告诉我此行的安排时，我有些愕然，但随即便应承了下来。因为只有两间客房，而我们此行有四人，仅我一位女性。晚上要在葡萄架下谈天、看月光、去走廊漫步的心思戛然而止，中学时代的回忆与记忆也因此被阻隔。

西部的沙漠、戈壁仿佛早已印在了脑海里而总也挥之不去，从读古诗词到亲临，但在敦煌，仿佛置身于古丝绸之路的繁华与安逸的街市。在给女儿寄生日礼物的时候，我和一位同事去了一家商铺，感受到的是一种时尚，一种在大都市才有的潮流。我为女儿选择了一款韩式的毛衣挂件，一并寄上祝福生日的贺卡，给我远在省城等待去天津读大学的女儿。

一条穿城而过的河，虽是人工开凿引进的，但多少让这里的人们有了消暑、纳凉、休闲、娱乐的地方。八月的敦煌正值高温，漫步河畔，有微风，凉丝丝的，扑在脸上、身上有令人难忘的一种情愫。对了，我至今还觉得夜晚临河漫步敦煌的感觉，仿佛似桨声荡漾里的秦淮河。

无论是正午时分，还是在夜幕下，整个街市是整洁、宁静、人多但不嘈杂，娱乐而不喧闹，一切都井然有序，人们大都显得从容、安逸，少有急急匆匆和争争吵吵，一切都非常平和，这莫非是一种传承，一种文化的影响力和感染力。

是否去莫高窟，是否到月牙泉，不，我想即便就在身后，就在眼前，我也不想让自己匆忙，只想享受一下敦煌的当今的街市，回味一下台站院落的葡萄架和那般的走廊。为什么总是匆匆地去行走于那些高深的文化与艺术的价值间呢？今天，此行，我却不愿、不想到那举世的莫高窟和月牙泉。虽然次日的离开也是匆匆的，但此行的短暂却让我亲历了真正的真实的敦煌，它的历史与现在，也在渐渐地刻在我的脑海里，不仅仅是一种文化，而是在这种文化熏陶下生活在这里安然、从容的人们。

走进敦煌，我喜欢它的小，它的繁华与宁静。

人生如梦

今天一大早大脑就缺氧，昏昏沉沉，虽然刚经过一个周末的休整，但是仿佛比上班的时候还累，没有别的因素，只为一种不被理解、不被认可，还有仿佛被欺骗和戏弄的感觉。

其实，在大多数的时候，并不是为了被人认可和理解，却在寻求一种真诚和坦诚，无论是喜欢的还是不喜欢的，是接纳还是不接纳，这都无所谓，都无关紧要的。大凡有一点点常识的人，都会明白一个简单的道理，那就是萝卜青菜各有所爱。但是相信大多数人都渴望得到一份真诚和坦诚，就是不喜欢，就是不接纳，无论良好的自我感觉还是颇好的他人评价，都无所谓，只要真诚与坦诚就好。

大凡有点气节的人想来该这样，当喜欢这样，无论何时，无论何地，无论遭遇怎样的境遇都会坚守这样的信念，信守如此的诺言，他们是值得令人敬佩的，也足以让人刮目相看和啧啧称道的。只可惜的是这样的人那样少，这样的志士的命运都不是一帆风顺的。他们中的大多数，在被推入历史的那一刻起，也瞬息被历史的长河吞没了，连姓与名都很快地被人们淡忘了，悲哉，壮士。

他们中的一些人成为大隐，隐于市了。身处繁华闹市却觅得一份心灵的清静与宁静，可谓道高而志远，令人钦佩叹服。

无论是被人们淡忘的志士，还是有着仙风道骨的隐士，他们一定都恪守着一个"诚"字，不虚不假，不谄不媚，始终保持着一种气节与做人的风范。他们一定是淡泊名利，只为理想与梦想而前行的人。他们也一定具有常人所不能及的忍的精神，忍受屈辱，忍受痛苦，忍受一切为世俗所不能摒弃的一种生存与生活方式。

人生如梦，在任何一个舞台上的登台亮相与精彩纷呈，都会成为过眼烟云，成功是暂时的，失败当然也是暂时的，无论是快乐着，还是痛苦的时候，一切都是那一时，那一刻，一刹那的。只是作为一个俗人，一个常人，总是明白了又透不过，放不下而已。所以总是在快乐的时候尽享着快乐，痛苦的时候尽管痛苦着，无有平常地对快乐，积极地看待痛苦，就是这样地让心随着外界的诱惑，如此由着现实的境界摆布着，永远行走在梦中，迷失在寻梦的路途上。

不经历惨痛说什么也不愿承认一个事实，不能接纳一种现实的。不等到所有的梦想都成为泡影时，是断然无法抵达梦醒时分。放下，放下，弃之，弃之，把那心中所有的梦想与欲望都统统地放下，弃之，是解脱心灵的羁绊的灵丹妙药与良方。

"世间万物如梦幻泡影"，佛祖如是说。"看破放下"，一代高僧净空法师亦如是说。

还紧紧地抱着做甚？

习气，习气难除。

我们总是被强大的物欲所包围着，被周遭的环境所裹挟着，没有一颗坚定的心去冲出突围，超越自我。这是我们莫大的悲哀。悲乎哉，哀乎哉，人生如梦，几十年光阴如梭似箭般匆匆而过，仓促而去。屈指回首，除了叹人生几何，留在记忆深处的又有些什么呢？一切的辉煌与荣耀即便被载入史册，不也被尘封了起来吗？一切的失败与所遭遇的屈辱，不也被岁月的长河洗刷而去了吗？

人生本无所谓成功，亦无所谓失败，人在梦中走，在事中迷，只不过都是在进行着一个人生的过程而已，想清楚了，看明白了不就是如此嘛。

当快乐就快乐，遇痛苦就面对痛苦，一切都在当下，一切都须把握住当下。不要后悔曾经怎样，也不要指盼明天将会如何。只要安住于当下就好，只要平和地接纳今天就好，无论它是快乐的还是痛苦的，人生如梦嘛。如此方可把握住人生的每一个过程，才能对如梦的人生有一个自我而真实的诠释。

再觅别样的成功

人生如一条长河，在每一个浪花掀起的地方伫立、停留与等待。在观望，似徘徊，如梦亦如幻，犹如人生的又一个十字路口。真善美在这里交融，理想和现实在这里激荡，坚守还是改变，索取抑或放弃，欣慰、痛苦、拼搏、挣扎紧紧地盘裹着一颗柔弱且坚韧的心。

她曾经那样如深秋挂在枝头的沉甸甸的果实，硕大、饱满，永远都向着阳光，无畏无惧地朝着一个目标前行。那目标是清晰可见，虽然经历了现实的百般打磨，但却依然保持着自己如被滴水冲刷过的一片青色瓦砾的天然与质朴，因为它承载的是童年的一个梦想。

童年，啊，童年。

童年是金色的，是令人难以忘怀的。它那么短暂，在漫漫的人生路上，几乎是倏忽而去的。但它却是最真的，无论历经怎样的世事变迁与浮华喧嚣。

它还是最美的，正如透过薄稀的晨雾，从地平线上冉冉升起的红日，普照于广袤的山河大地，不落下每一条极其细微的山间溪谷和潺潺小溪。

虽处在颤颤学步，牙牙学语，却拥有着一颗独具匠心的慧眼和博大平等的胸怀。

爱一切事物，用充满着好奇的心。

展开双臂接纳所有的人，没有你与我。

童年的梦自然也成了人生的第一步选择。生存接踵而来，亦与梦一路相伴相随。舍梦就生存，生存间寻梦。

蓦然回首，别样的成功竟然成了矗立在人生长河朵朵浪花间的一座座耀眼的丰碑。它的上面书写着无字。

无包含着有，有彰显着无。无中有有，有中有无。无即是有，有即是无。但是在世俗的潮起潮落中，凡夫的我依然伫立在浪花中寻梦。

寻梦？

四十又三，坚守与舍弃，该是泾渭了了的了吧。

世　态

也不知什么时候起，心情突然间变得郁郁寡欢起来，时而高兴，时而忧伤，为人、为事、为这世态。唉，管它呢，何必活得那样累，那样不洒脱呢。继续走自己的路，可以吗？常常扪心自问，答案既肯定又否定。

这么多年来，我一直在走着自己的路，任何阶段，任何时候，坚守和固守着自己认为对的理就这样一直走了下去。对与错，是与非，且也无需太多的解释。我不知道其他的人怎样想的，又是怎样做的。我是承受着巨大的压力寻梦，寻找心灵的慰藉。因为我还年轻，因为我还不够坚强。你好、我好、大家就好，而有时并不是这样的定律，因此也就有了猜疑、嫉妒、奉承、仇恨与虚伪。生活也变得不再那么美好，人情也就变得更为寡淡，人心也就有了这样那样的诸多变化，而两小无猜的童年时代和纯情率真的中学时代在记忆深处就变得那样难以忘怀。

我渴望，我追逐，我梦想着回到那个年代，那样的心境和心态。但是又有谁能做到呢？做得长久呢？猜疑与孤独，我选择孤独。

不能放弃，又何必同流合污呢。于是乎，在阳光灿烂的日子，我喜欢独行。在阴云密布的雨天，我亦独漫步。不知疲倦地走下去，没有停止，因为心中的郁闷尚未消去呀。

想一醉方休，想对酒当歌，想敞开心扉地说出我的喜、我的乐，我的爱与我的忧伤。但是我不能，我也不愿。谁说我是懦弱的？我还厮守于自己的那份纯真与率真呢。

谁说我的心是冷漠的？我向往童真的爱又将如何向谁去释放。因为这世态，因为人们这多变的心。

我选择了沉默。我才发现，沉默是最好的解读，无论是喜，无论是忧，是与非，对与错，一切皆能保持了沉默，谁又说不是最高的境界呢。我亦选择释放，那仅止于与自己心灵的对白，在夜深人静的时候，在皓月当空的日子，在喧闹的街市，在匆匆行走的人海里。

周末遐思

云彩挂在天空，蓝蓝的天，白色的云和暖暖的阳光，好一个悠闲的周末呀，爱人也不去单位加班，我也干完了紧急的活。

爱人让我带上小狗贝贝到外面走走，顺便买袋咸盐回来。看着女儿钢琴上的时钟，已经是正午时分了。窗台前洒满了阳光。细心地涂了较多的防晒霜，从车里专门取回了太阳镜。

好一片明媚的阳光呀，好一个宁静的院落，好一片幽静的小树丛。一出楼门，微风从脸上吹过，好轻好柔，如丝绸般。

缘何总是步履匆匆，行色茫然呀？

看着眼前一片斑驳的树影，我的心不由得为之一怔。我拉着小贝贝，不管它多么渴望自由，但在这一刻，我定要与它尽享这般的幽静，近观这般美丽的树影，还要聆听老槐树下一片一片飘落的黄叶。

在返回的途中，我专门选择了一段从未走过的小路，还贝贝片刻的自由奔跑，我独自走在草坪的小径上。除了阳光、微风和小径一侧的一块仍绿油油的草坪以及环绕在草坪周遭的槐树、松树和迎春花树等，这里的空气似乎都凝固了。

我被阴凉遮挡着的廊前石级吸引，好一块读书的地方呀。

贝贝也不知到哪里玩耍去了，任它去吧，我也早已顾不得它了。我的思绪被这石级牵引着回到了傍晚炊烟袅袅的小学校园里，就是在夕阳下，坐在这样幽静的环境里，这样的石级上，捧读着爱不释手的《英语九百句》。这本已发黄的书仍摆放在我的书柜里，曾让爱人包上了女儿最为喜爱的一张粉色基调的卡通画面的书皮，在近几年的英语学习中，还会偶尔带在手边读一读，寻找和回味一下往日的时光。那个曾经问我会不会讲英语的老伯当过百岁了吧？

石级依旧三个台面，依旧是灰色的，依旧是水泥打制的，然而假如时光倒流，也会物是人非了。

我的心在那一刻被强烈地震撼着，为那曾经的年少，为那无忧无虑无拘无束的自由和洒脱的生活,为那毫无戒心一览无余的单纯，为那慈眉善目从容淡定的儒雅的老伯，为那逝去的岁月。

我有些怅然若失，似有些翻然悔悟。

我要来这里读书，就坐在第三个石级上。我匆忙回到家，拿了书和报纸，便迅速地又出门了，没有带贝贝，免得让我操心。仍戴了太阳镜，因为有一段路阳光正强烈地照着。我带了我的英语书，还带了一份准备卖了的旧报纸。

草坪一侧的秋千上多了一对爷孙，孙子坐在秋千上，爷爷站在身后拉着秋千的绳索来回地推送，爷爷和孙子咯咯的笑声回荡在院落里，余音萦绕在草丛的四周。虽然少了刚才的那般幽静，但是也给正午沉寂的院落增添了快乐的气息。

我选择了第三个石级坐下，铺上了旧报纸。石级稍稍有点冰凉，毕竟立秋有些日子了。

我大声地朗读着，如从前一样，眼前绿油油的草坪，草坪的四周仍开着红色粉色的月季花，我的目光只锁定在手中的英语课本上，忘记了时辰，忘记了吃午饭，忘记了自己是在过去还是现在。

一阵急促的铃声把我从梦幻般的读书中唤醒，女儿催促我吃午饭了。我从草坪旁边的一侧小道穿过，这里更为幽静，更为阴凉，也更为回归自然和本性。

以前怎么不曾走过？不是从过去至今也有好些时间了？

总是匆匆，总也不知缘何匆匆。但我要放下，定要彻底地放下，放下如此这般的匆匆，如此这般不知缘何的匆匆。

难得一个这样如此悠闲的周末，让我尽情享受明媚的阳光、蓝天、白云和轻柔的风、幽静的院落和忘我的痴读。

小 女 生

她是女儿小时候的玩伴，读高中时的同学，也是女儿的一位可心的朋友。她也是邻家的女孩，是一位温柔、时尚、个性的小女生。

她生于内蒙，学名王子怡，小名豆豆。她灵巧、聪慧，在绘画方面很有天赋。她在自家的墙壁上涂鸦，为班级的墙报献艺。

她还把爸爸妈妈用完餐的小手帕制成活泼可爱的小白兔玩具，把过时的服装改为时尚的服饰。她常常从网上淘宝，也光顾一些街头小店，穿着入时，又不失节俭，还总能留下惊鸿一瞥。

只听女儿滔滔不绝地陈述，偶然电梯间的相遇，对于这位小女生都不曾有过特别的关注。

但在刚入冬一个漆黑的夜晚，我迈着急速的步子朝单元楼的门口走时，一回头的瞬间，一个穿着入时且有品味的小女生紧随身后，我先是一惊，又是一愣。

“好一个亮丽的小女子。”

如果不是一声轻柔的“阿姨好”，如果不是她摘下口罩的那一刻，我还真的认不出这就是邻家的女孩儿，就是子怡，是女儿时常念叨的豆豆。

她的写有“我”的个性十足且极具时尚元素的口罩给我留下了极为深刻的印象，不觉对眼前的这个小女生格外地关注。借着月光和楼门前的路灯，我看到了她的入时的毛绒耳套，宽松休闲的驼色棉服，还有这个冬季最为流行的雪地靴。

大红色的围巾衬托得她原本有些发白的脸有了一些活力。还有她似化非化的淡淡的妆，一切都是那么舒服自然和艺术化，也正如女儿所说的极有品位。

我开始留意这个女孩儿，在她的一声“阿姨好”的轻柔声中，迅速地打量她的另一种装束，感受她的另一种风格，她的另一种风格的口罩依然引起了我的关注。

其实，我是更在乎她的个性与时尚的外表下的有品位和颇具内敛的气质，甚至有几分羡慕的，活得自我和洒脱。看到她，仿佛走出了竞争、压力和喧嚣，仿佛定要去品一款咖啡，喝一杯热茶，看一本时尚杂志，或听一曲怀旧经典浪漫的钢琴曲。或者什么都不去想，不去做，完全放下身心，享受当下。

我越来越喜欢上了这位小女生，不仅止于她的外表，还有那种极具艺术天分且洒脱的内在气质。

我要给她做点好吃的。在她的母亲出差的几天，我匆匆忙忙地给她带了几次饭，没有想到她非常喜爱我做的饭菜。我想在女儿参加完高考后，邀请这个小女生来家里做客，我要拿出最好的手艺烧一桌菜请她品尝。其实，有人分享自己的劳动并得到认可是一种极大的鼓舞，内心的喜悦也是不言而喻的，不管她是小孩子还是成年人。

我一直都很想去子怡的房间欣赏她的艺术墙。听女儿说，子怡房间的整个墙面充满了创意，也充满了诗意，对于这样的个人空间我是充满着遐想且羡慕的。

把一件过时的连衣裙加长或剪短，又融入了时尚的潮流。那些被很多人随意丢弃的一次性白色餐巾，经她的灵感创作都变成了一个个可爱的小白兔。我真的想与这位小女生做个朋友的，仿佛已经猜想到了她的艺术与生活所带给我的青春、活力与早已失去的童心。

走进小女生的生活，我有太多的想法，但是这一切还未开始却要中止了。

子怡要去美国读书了，这真是一个不小的喜悦与惊诧呀。说喜悦是缘于我个人。我是一生都想去留学的人，即便到了今天，四十又三，都还存有这样的想法。所以，对于留学者，我从内心就为他们感到喜悦的。说惊诧，是这个消息来得有点突然，之前我和女儿一点信息都没有。突然间的传说变为事实，我和女儿都有点难以相信。

女儿说有点舍不得豆豆，虽然她们彼此还不是那种最知心的朋友，但是，还是为一位非常要好的朋友要远渡重洋、相见不易而有丝丝的失落。

我和豆豆似乎没有太大的关系，邻居的孩子，女儿小时候的玩伴，高中的同学。但是，在和女儿每天关于豆豆的谈话中，我也突然间生起一种难以言说的有点留恋、舍不得、放心不下的情感，因为女儿，因为我是女儿的母亲。

子怡很有灵性，在学习方面很用功，也保持着较好的成绩。一度她毫不犹豫地选择了学习理科，还邀女儿也一起学理。但是在她父母的说服下，还是选择了学文，因为子怡的身体天生就很柔弱。她的父母多少不希望她太辛苦。

无论学文还是选择学理，坚持绘画是子怡最大的心愿，且她也非常自信于自己的天分和努力。我和女儿也极为赞赏，我们也相信她一定会实现她的梦想的。

她是否会感到孤独和寂寞？她的身体是否会离开了父母的呵护与照顾而适应那里的环境？她的未来是否会选择留在美国？她以后会从事什么样的职业呢？

对于这个小女生的未来的一切猜想，随着女儿高考的临近和小女生留学日程的一天天到来而愈加强烈。不着边际的猜想和多余的担心都化为岁末年初的一句祝福吧。

我祝愿这个小女生，我的未来小朋友，愿她的生活如她的画一样，充满着阳光，充满着生机，也充满着创意和诗意。

我是一只小小小小鸟

我是一只小小小小鸟，只想飞得更高、更远，去看看天空的蔚蓝，去探究大地的广袤。

我要放声歌唱，在寂静的森林，在月朗星稀的夜晚。

我的心灵是那样孤独，但是我的行踪却是无比的自由与洒脱，孤独并不啜泣。

我是一只小小小小鸟，常常淹没在茫茫的人海里，徘徊徘徊，寻觅着我的所求与所需。啊，生活的道路是如此漫长与艰辛。

我是一只小小小小鸟，在一次次摔倒的路上，蹒跚着踉跄着，却也最终又站立了起来，轻轻拍打满身的泥土，坚定地告诉自己，要坚强，要坚强，明天的生活还需要我去造化呀，退避和畏缩又怎能称得上一座不朽的丰碑？

我是一只小小小小鸟，我要为自己书写一首小小的诗。镜框里装载的是一个真实自信本然的我，自由与洒脱是我永远的轨迹与梦想。

我的快乐被岁月带走，我的委婉鸣啭萦绕在耳边却又消失在瞬间被记忆的世俗鼎沸中。

我寻觅着寻觅着，寻觅那蓝色的天空，宁静的大海和深邃的夜。

我是一只小小小小鸟，总想飞得那样高，却总是处于孤立与无助中，被世俗的言辞羁绊住心灵的天空，在黑暗中向黎明走去，前方的路清晰却又模糊。

我是一只小小小小鸟，总想飞呀飞得高呀高，去看看天空的蔚蓝，去探究大地的广袤。

我是一只小小小小鸟……

岁末回首

又是一年岁末，翻看日记本，还有一些空白页，还剩几页就要到下一年了。一些空白的页是忙于什么事记不得了，大都是周末或假日或外出而未能记录下一天的所思所想。

还剩的几页则预示着2010年仅有几天时日了。每到此时，我总会感慨时光飞逝，又年长一岁，又会怅然于青春，作别，挥手，等等。

当然，我也会在这个时刻对明天有所期盼。生活在继续，无论过去的一年里，我们的生活中发生了怎样欣喜、悲痛的事，都将成为过去，明天我们还将以最佳的状态去迎接，去面对。所以，我是既怕岁末，又欣喜于岁末。

是的，我一定要在岁末的时候静静地坐在写字桌前总结、回顾、反省与思考一下一年来我的工作、生活，思想境界、心路历程是不是令自己满意。

一路走来，虽然在不停地总结与反省，也在不断地追求与奋发，但回首过去，每一年都有许多令自己感到不满的时候。在遇事时依然不够冷静、沉着、稳重，还会计较许多的人与事，还会抱怨身处的工作与生活环境。

一个最致命的弱点，还没有从自己的心间彻底地消除去，而这正是影响我身心的最大障碍，那就是总是看到自己，看重自己，总是站在自己的立场去思考、看待所遇到的人和事。

自己都是对的，自己是最好的，都是他人的不是，他人的错。自己应该得到，无论从哪个方面分析和审视，自己是够完美的。

四十又三，还不能从心底上去修正自己的“唯我”、“唯美”的观念，这也是我不能走出自我的一个关键所在，也是我时常感到心不快乐的一个理由所在。

心不快乐，身又谈何健康，总把自己拒于他人之外，又怎能去坦城相见、坦率相交呢?

快乐源自心灵，在2010年的岁末，我在不停地总结自己的过去时，我如是对待自己的过去。敞开心扉，与自己的心灵进行一番交锋与对话，丝毫不去掩饰与伪装，发现自己的心灵如此柔软与坚强。

2010年，我的心灵遭遇了一次重创，在伤悲、无助中度过了数十个日子，几乎近于崩溃的边缘。但是，我走过了，虽然承载着巨大的痛苦。今天，当我在尘埃落定的时候，在把那颗心放下的时候，我再一次审视自己，审视自己度过的那段日子，审视自己的心。

我还是对自己不满，我还为自己的所作所为有所懊悔。无论成功与失败，皆可皆能保持一颗平常的心，我没有做到。我依然为自己的情绪所驱使，犹如一匹脱缰的野马，不能把自己的心安放于当下，置于平静与平和中。

任欲望膨胀，任心恣意地飞扬，使我的人生在过去的一年里留下了一点遗憾。虽然时光已去，但我却不能原谅自己的幼稚与无知。

时光如梭，四十又三，每每于一年将去的时候总会汗颜。十分忙碌地度日，而人生值得去做的事情尚有许多还未实现。其实，所有的事都归于一点，平和的心。

用一颗平和的心去享受一日三餐，用一颗平和的心去面对我们所生活的环境，用一颗平和的心去面对我们所遇到的人和事，这些都是你的缘。

是否珍惜，是否善待，是否平和地去接受，我对自己是不满意的。四十又三，一颗平和地面对生活和工作的心还没有训练出来。

人生也许就是这样一个充满着希望、诱惑、魅力、困惑与艰辛的过程吧，但也正是在这样一个异彩纷呈，又非一帆风顺中，不断地前行着、跋涉着，从起点走到终点，又从终点开始新的起点。也正是在这样一个过程中，我们的心从柔软变得坚强，由坚强又回到柔软，一次次一遍遍完成生命的蜕变，历经思想的升华。

无论成功与失败，无论有过怎样的成功与失败，都已经成为过去。无论怎样年轻过，无论我们的青春怎样辉煌过，明天还是一个未知的数字。过去值得总结，明天充满期待，只有今天方可把握，抓住当下，活在当下，让当下的每一天每一时每一刻不要空过，不要在无为中度过。让今天更加精彩，我得将训练一颗平和的心作为一个开端，一个目标和新的方向。

新学年的祝福

说好从你一开学就给你写信，看来我是食言了。你去新的环境都快一个月了，我才动笔给你写信。因为，之前我也有很多的顾虑和想法，你都读大学了，我该给你写些什么呢？我该怎样引导你的生活与学习呢？我真的还没有一个明晰的目标。

我想告诉你的是，我真的不想成为一个板着面孔、唠叨不休的中年老妇人，虽然四十又四了，但与你一起生活的十八年和陪你弹钢琴的十三年，我的心一直与你成长，继尔也就有了一个十八岁少年的心。青春不老，是你给予我的，我们一起听FM98.5，一起听FM88.3，也才知道了五月天，水木年华，还有快男快女。还有很多的歌星和艺人，听他们的歌，也让我感受到了青春与快乐。

你走的这一个月，我虽然也在不由自主地听，但远没有我们一起听得那样尽兴、投入和享受。还有很多青春的很酷的信息随着你的求学戛然而止了。我还想，等你学习有空闲的时候，依然把那些我们一起走过的日子里拥有过的东西及时地发给我，好让我也依然能保持一颗年轻的心。

你走了的这段日子，我和你爸爸还有些不适应，尤其你爸爸，他动辄就淌起了眼泪，他总是说：“唉，我老了，老了，都到了老泪纵横的年龄了。”

我记得你爸爸在天外逸夫教学楼前望着你远去的情景，管理员再三挡着不让进，而你都进去了，走远了，你爸爸还呆呆地站在那里看你。

想起离开天津时，运波叔叔请咱们一家三口吃饭时的那个酒楼里，我坐在你爸爸的斜对面，总觉得你爸爸那天与运波叔叔一起喝酒的状态不佳。你爸爸的眼角总是湿湿的，像充着血丝，但还做出很豪气的样子，他的手在不停地擦着脸，我以为是天太热。今天回想起来，他在那天一定流了很多的泪。

我们回到兰州的第二天，我就去单位上班了，你爸爸没去，这在他还是破天荒。他说要休整一个上午，后来又说再休息一个下午。我晚上加班时，他说在搞家务，先把你的屋子整理打扫干净，至今我们其他的房间还没有打扫。

我说我给你每个月卡上打钱，你爸爸说不，这样他可以给你多打点。你爸爸每月给你打多少钱，弄得我还都不知道。不过，我也无需知道，这是你爸爸的一片心。

“我给毛旦买了两百四十多元的月饼，已经通过特快专递寄去了。”你爸爸在中秋节前十分兴奋地告诉我，“别忘了，毛旦打来电话时铃声一响，你就压掉，再给毛旦打过去，这样可以给毛旦省点电话费。”关于这点你爸爸叮嘱了我好几次。

你走了后，你爸爸一度迷上了电视连续剧，还一定要让我陪着看，一看就看到天亮了。有几次我实在忍不住问你爸爸，这样不行呀，第二天上班精神很差的，你爸爸不管，继续看。我不陪他看，他表面还可以，但心里显出不悦了。终于有一天，他告诉我毛旦走了，生活和工作突然迷失了方向，需要用电视剧调整一下不适应的情绪和心态。

以前是你爸爸忙工作，好多时候都是我们俩在一起吃饭、休息。你走了的这段时间，你爸爸居然宅在家里，哪儿也不去，什么应酬都没有。我想也不是完全没有，而是一定被他拒绝了，他这宅在家里不要紧，却给我一个电话又一个电话地打个不停，问我回不回来，何时回来，如果不回来，就听他说："好吧，好吧！"就把电话匆匆挂断了。

贝贝也变得可怜兮兮的，没有你在时活泼可爱了，它也不停地抱我和你爸爸的腿，但不似抱你的那个样子，追在你身后不停地跳着要抱。我们送你的时候，寄放在天使宠物店，生活规律被打乱了，回来的那两天清晨撒尿在屋子里。不过，我们也没有教训它，而是每天多带它下去几趟，最近调整过来了。我和你爸躺在沙发上的时候，它会像个小孩子一样往你身上靠，怀里躺，并且一个劲地把头往被子里、腋窝下塞，样子很可爱。我还拍了几张贝贝和你爸爸睡觉的特写，回头洗了寄给你。

知道你在那边很快适应了，且学习生活都很自主，很努力，我和你爸爸也就放心了，安心了。最近，我和你爸爸也逐渐地从你走后的空落失落中调整过来了。你爸爸也不再盯着连续剧看了，他准备让我把房子收拾好，开始练习毛笔字了，我的新书你小姨已给我联系好了出版社，有望今年就出来。最近，我正在抓紧做原稿的修改和新稿的写作。我希望自己的这本新作能较之前三本有所提高，飞跃是不敢想的，只是为今后的写作树一个目标和方向。

英语学习在逐渐地恢复捡拾起，写作近来坚持得很好，大有一发不可收拾之势，它是我生命中最为宝贵的一个爱好，也是我从小的梦想，我一定要把它坚持下去并努力做好。钢琴的学习也在酝酿之中，由于近来的工作很多，压力也不小，但你放心，等过了这段时间，我一定去爱乐艺术中心报名学习。我想等你回来时，我能给你弹一曲罗大佑的《光阴的故事》和水木年华的《中学时代》，这该多有成就感呀。

好了，已是深夜了，你爸爸都睡了好长时间了，我坐在书房里都能听到他的呼噜声。能感觉到，你爸爸睡得很香很踏实，不过，我还是准备把他叫醒来，让他读我写给你的长长的信，否则明天我就要寄出去了。

我还寄给你我写的《寂廖的夜》的新诗，你爸爸说感人的情节掩盖了艺术性，或根本就无艺术性可言，不过对我打击也不大，因为我已习惯了他的点评，也喜欢被他点评并作修改。还寄去了两篇新作《秋日的风》和《生活》的一首小诗。当然，还有一个哭泣的小兔子的挂件，是我在科学院五一〇所隔壁的文具店给你买的，花了十一元钱。但愿我寄去的信及所有文稿及饰物你都能喜欢并从中能够有所收益，当然还望你能提出表扬批评和修改的意见或建议，像从前做我的第一读者时那样。

好了，再写就到天亮了，放在下次写。

祝你身体健康、身心愉悦、学业有成！

827随想

之前就听说，陇西的827台离城区的公路稍远一点，有一座小桥是单位投资建的。陇西是我第一次到，当车子进入县城时我就感到这个城市建设得不同一般，我一时间还以为陇西是地级市呢，其实它是一座县级的城市，从街道和建筑看，很有文化底蕴的。

我们同行者中有一位同事在这里居住过，还读过书，我也遂对这个城市有点熟悉感了，总算有人还对它有点记忆和眷恋，至少不会那么陌生。我立即鼓动着同事去曾经居住的地方和就读的学校寻找过去岁月的记忆并留张影。但也不知缘何，同事只是听台站的同志给他介绍他曾经居住过的街巷和如今的变迁，并没有真正去找寻和留影。如果是我，我一定会去重温一下的。也许是“老”了的缘故吧，人们常说当一个人喜欢回忆过去的时候就意味着老了。

但对我来说，也有一点想法：对于一个写作者来说，童年是一笔财富。这个观点是我在刚学习写作时读到的，为了我的文学梦想，我总是在发现鼓励和支撑自己写下去的种种的方法和理由。

827台算是离城市最近的一个台站了，只是离公路有一点距离，可能于上下班的职工有一点不方便，但远离公路和市区会有另外一番闹中取静的感觉，而我一直喜欢这样的感觉。台站的四周都是农田，夜晚是不敢独自出行的，太寂静，太辽阔，四周也没有村户。台站的院落里有早些年建台时种植的松树和叫不上名字的大树。院子的中央有一个大大的池子，还有一位同事说曾在此游过泳。听同事介绍，这个池子是用来冷却机器的。怎么冷却，为什么要冷却，冷却时会不会短了路？这诸多的疑虑说实在不敢深问，怕被同行的内行见笑。我觉得他们很内行，也会很耐心，但因为还不是十分相熟，万一冒了傻可真没面子。

台站有客房，同事也想住在台上，怕我住着有些将就，我欣然同意。其实，虽然我也还算比较讲究的人，吃的和住的一定要干净一些，方便一些。但是，对于此次下台站，我总希望一个团队干什么都在一起就好，且住在台站更觉亲切一点。

客房里的床是木头硬板床，格子床单都是新换的，只有我的房子里有台很老式的彩电，但发射效果不好，雪花点多得看不成。还好，我一路出来都不会开有机顶盒的电视，加上每天也挺忙碌，挺累的，看不看电视都无所谓的。我住在中间的客房里，西侧和东侧是同事，挺有安全感的。只要三间房在一起，他们总会把我放在中间，真的很感谢他们的悉心关照。多少年来，无论自己的年龄增加了多少，无论在家里还是外出，我总希望和喜欢被呵护，也感谢一路走来，我总在得到关爱和呵护。

简易甚至有点简陋的客房让我有一种既亲切又亲近和回归的感觉。推开窗户，外面是一片田野，一股清新的植被和泥土的芬芳，当深深地吮吸的时候，我的身心那样放松和感到宁静与淡定。被钢筋水泥的高楼大厦包围着很久了，有一种心灵的厌倦又无法逃避。我喜欢房前屋后有树、有山、有溪流，如果仅是一片田野与麦浪，我也会兴奋不已并融入其中的。

磨得十分光滑的水泥地，白炽灯，还有钢筋扎的脸盆架，让我想起了曾经读高中的那个年代，住学生宿舍的大学时代，当时光被记忆拉回时，心也仿佛年轻了许多。青春万岁，青春岁月，四十不惑的我依然珍藏和向往着十六岁、十八岁的花季和青春年少的时代。

没有座椅，我靠在被窝上写我的《住陇西》的随笔。一路出行，我许下心愿，此行一定不要虚过，一定要记录下每天的心路和见闻。快深夜十二点了，我和同事们还站在大水池前谈天，月光和门房的灯光交汇着，池子里的水面平静得没有一丝波纹。一会儿，一位同事从机房里回来，也加入其中了，还有两位值班的人员也加入进来，虽然都在谈工作，但在宁静的院落里，在月光下，这样的氛围是我第一次遭遇的，很温暖，很难忘。

当清晨端着脸盆去洗漱间的时候，隔壁客房的门已开了，同事的包在里边放着，人不见影儿。洗漱间就像我上大学时的一样，只是大学里的是瓷砖贴面，而台站的是清一色的水泥，但却十分干净。

同事给机房的值机员已经上了一课，说实话，虽然在谈笑间开同事这样那样的玩笑，像同事走到哪里仍“传道授业解惑也”的人也是不多见了，我还是从心里很佩服的。他们多半或主要的原因是为了节省经费，但又怕委屈了我。怎么说呢？尽管在一起共事，但彼此并不了解，甚至陌生吧。我也觉得有些惭愧，不知如何消除他们对我的安排的诸多顾虑，无论从节约经费的考虑，还是处于其他方面的想法，我都喜欢和希望与大家在一起，希望感受与浮华和喧嚣无关的另外一种生活与境界。而这种期盼，在陇西，在827台站，我找到了，切肤地感受到了，虽然它依然是匆匆的、短暂的、一闪而过的，但我相信即便是如此的一个夜晚，也足以让我浮躁的心和生活里多了一份片刻的宁静与淡定。

每座城市的钟鼓楼都是一段历史。很想上去站在陇西的钟鼓楼上眺望一下这座县城，无奈被铁栅栏包围了起来，只能和那些玩耍的孩童们一起越过铁锁链更近一点地看看。同事给我念了念挂在钟鼓楼上的牌匾，只记住了“声”字，繁体写的，其他三个字都没有什么印象，关于钟鼓楼的文字记载也没有看到。仅是一小会儿的钟鼓楼一游，我对陇西有了一些文化历史的沧桑记忆。如今的这里热闹异常，是县中心了似的，人们在这里纳凉谈天，小城的休闲与繁荣也可见一斑。陇西钟鼓楼一游，得感谢同事，于我是找不到和想不起的。因为匆匆的出行，还没有搜集过甘肃境内游的攻略，多年前去台湾时正经八百地网上搜寻攻略，但丝毫也没有派上用场。

我们是次日的上午吃完了陇西饸饹面离开的，它的新城看上去很大气蛮洋派的，但我最难忘的还是827台站的院落，推开客房的窗户那一片绿莹莹的田野和月光下谈天时淡定的心境。

生　日

不知你怎么样，我是有点怕过生日了。之前，我可不是这样的，甚至有点企盼。我企盼能被别人记着，记住我的生日，我企盼被在乎，被关注，当然还有收到一份意外的礼物和惊喜，哪怕很小，很微不足道，但是都会让我的心灵得到无比的幸福与快乐。

企盼着长大，企盼着过生日，直到今天，四十四岁生日将至，我突然间十分拒绝，拒绝它的到来，拒绝被他人记着、记住。虽然我仍那样强烈地渴望被在乎、被关注，并且会一个劲地去追问、去索要，仿佛得到了就成为一个胜利者、幸运者和一个极为幸福的人。但是尽管这样，我还是很拒绝、很不情愿，四十又四的生日就这样接踵而至。我还没有尽享青春的快乐呢，缘何接受人到中年的负荷与沧桑呢?

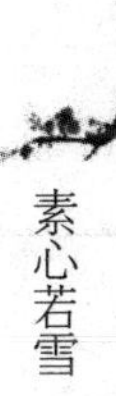

可这是一个不争的事实，这是你永远也无法阻止和拒绝的，年轮在又向前迈进一步。但我是害怕的，我真的有些畏惧。

假如时光可以倒流，假如青春可以从头开始，假如……在毫无理由的假如之中，我不得不战战兢兢地审视和回眸自己走过的青春岁月。

我还不够刻苦、不够努力。我的人生目标和方向还是不够明晰，坐标在每一个十字路口总会发生一些偏离。我的心为感情和名利还是那样浮躁。有过意气风发，但也有过那样多的消极懈怠。我

不够沉稳，不够淡定。有过一点小小的辉煌，但于人生的大目标还相去甚远。

我的意志不够坚定，性情中的许多缺陷难以自我战胜，自我超越。情绪忽高忽低，不能把握和自控。对朋友、对家人、对他人，还有诸多的冷漠与自私。一个体无完肤者，在亲朋和好友间也有称道，我也看到了自己的真实与虚伪。赶紧改过迁善吧，总在每一个生日到来之际如此地警醒自己。但是，令我遗憾的是也会随着从生日的那一天起慢慢地淡忘，直至人生的下一个生日，胸中积聚的对自己的反省与不满也因此会与日俱增，消除都是艰难的，对生日的企盼也就一天一天地淡漠了下去。

不优秀，有何庆贺？对一切的形式和俗套都想放弃。生日那天，我想独自呆着，或与好友相谈。我要谈谈人生苦短，只弹指一挥间。我想谈谈十六岁的花季，十八岁的人生，但心里是那样的不够踏实。

殷实的中年吗？我真的不敢屈指历数，又有几件可以记录下来，又值得记录下来。

还是说说轻狂的少年吧，幼稚、无知，怎一个勇敢了得？谁的劝阻都无济于事，自己的观念就是颠扑不灭的真理。大胆地去行事、做事，而结果却是那样令人后怕，如履薄冰的感悟也是从那时开始懵懵懂懂地有所意识。但是好了伤疤忘了痛，依然是特立独行，我行我素，直至再一次摔了一个大跟头，爬起来，继续前行。这就是青春，永远都无怨无悔。

我怀念我的青春，有过轻狂，有过意气风发，有过成功，也有过失败。无论怎么样的结果，在我的人生里都是刻骨铭心的，爱与恨，成与败，都是义无反顾地勇往直前。是勇气，是梦想，是生命不止，奋斗不息的那种意志力。

而这一切都随着人近中年的到来在消失，但还未完全消失殆尽。仅这渐渐消失就令我万分恐惧了。想拒绝和制止年轮也就可想而知了。不就想弥补被我无为消磨的时光吗？不就想重新塑造自己的完美人格吗？不就想让自己的青春岁月有很多值得记忆的东西吗？不就想……

其实，这一切的一切还是害怕自己老去。容颜的失色并不可怕，而那颗不再青春的心的衰老会是怎样的呢？

我还没有做好足够的准备，迎接又一个生日的到来，还没有培养起一颗坚强的心来面对今天的岁月，责任与义务，我能担当起吗？能担当得好吗？

我还在寻梦，寻找儿时的记忆与快乐。四十又四，我渴望童年的那份率真、天真、纯真，那是我心中永恒的、永远的爱。

岁月如歌

又到岁末年关，我提起笔，觉得应该给远方的朋友写封信，也渴望收到远方朋友的来信，但是这种感觉却又在一刹那间消失了，仿佛那已经是一个久远的梦了。

那是在大学刚毕业的时候，满怀着激情与热情去追逐理想与梦想的时候，是在人生遭遇挫折与失败、取得成功、获得荣耀的时候，是在为人夫、为人妻，为人父、为人母的时候……

有太多的时候把人生中的每一份际遇，每一份欣喜，每一份痛苦，都与远方的朋友一起分享。也是从那时起，我的人生中多了一份记忆、一份回忆、一份珍藏和一份精彩。

但是，随着岁月的流逝，这些珍珠般的回忆也相去甚远了。昔日的朋友仿佛远在天涯，昔日心灵的交流也似停滞，是岁月？是生活？是青春？

我叹岁月的短暂，叹生活的艰辛，叹青春的不再，叹这一切带走了我昔日的激情与热情、单纯与执著。

我开始封闭起自己的心灵，在追逐理想与梦想的路上独自前行着，不再有收获成功的那份雀跃，不再有遭遇挫折的那份倾诉。

面对成败的这份坦然虽是我渴望已久的，但深感还不够，但是无疑这份坦然也带走了我的那颗被青春激荡的心。

岁月磨砺了意志，练就了成熟，但也带走了我的青春。青春不再，虽然那段懵懂、无知、幼稚的青春岁月令我感到汗颜，如走钢丝，如履薄冰，但是，也是那段个性、自我、执著、张扬和单纯的青春岁月给我的人生留下了一份难忘的记忆。这份记忆源自心灵，缘于单纯。

无有欲哭无泪的时候，无有欲罢不能的感觉，欲哭、欲说、欲做，一切都任心，一切皆随缘。虽然，一切未必都尽然尽心尽意，一切都是正确的。但是没有被世俗羁绊的那颗单纯善良的心，让我远离喧嚣，拒于浮华，尽享青春的自由，挥洒无怨无悔的人生。

但是，这一切都过去了，随着岁月的流逝，青春的不再。虽然我仍渴望，但无论如何，却也无法回到那个敞开心扉与远方的朋友一起分享人生的每一份际遇、每一份欣喜的日子。

岁月如歌，青春不再。那颗被青春激荡的心却在蓦然回首间被记忆、被捡拾。徘徊于人到中年的十字路口，徜徉于被青春激荡的无拘无束、无羁无绊、挥洒自如、无怨无悔的如歌岁月，我喜欢坦然与纯粹的美与艳。

祝福朋友

今天是你的生日，我的朋友。我要为你祝福，用我的心灵写就的文字祝福你的生日。让过去的那些不堪回首的日子都随风而去吧，今天的生活才是你坚实的基础。

你是那样正直，堂堂正正是你的人生坐标。你睿智而不轻狂。你对生活的态度总是坚持，坚持，再坚持，直至一切的希冀再次化为泡影，归于破灭，你才一身轻地选择了离开，离开你曾经为之付出心血的心灵家园。

你的坚强埋藏在你的心窝里，虽不似那铜墙铁壁般，但是你的坚韧的柔软却也赫然醒目地写着大写的人字。

我钦佩于你的坚韧与柔软，正直与睿智，也慨叹于命运对你的人生和心灵的考量。你是一个成功者，我坚信失败并不独垂青于那些所谓不幸的人们。在宇宙人生的三维空间里，你那傲然挺立的背影和笑对人生的洒洒脱脱不正印证着一个成功者的所有么？

谁说你不是自己命运的主宰者？我要祝福你，我的朋友。让过去的日子都去吧，只要坚守于内心的那份真诚与率真，阳光灿烂的日子又怎能不牵着你的手，慰藉你曾经受伤的心灵呢？

放弃也是一种美丽

为一个未接听的电话，为一条未回复的短信而感到心神不定、神情恍惚的时候，我就强烈地感到一种牵挂的心累，一种长久的期待的心累。每当此时，我就想起我曾经写过好几遍的文章《放弃也是一种美丽》。

果真能放弃吗？果真会是一份美丽吗？其实不过是一个美丽或者善意的谎言而已，哄哄自己，抚慰一下孤寂的易受伤害的心灵罢了。是谎言，必定是虚假的。是虚假的，又何谈美丽？这分明是在自欺欺人。

自欺欺人也得做，不做就难以承受，就纠结憋闷。有一份牵挂本是一件好事，是一种爱，有一种责任。但是，当爱与牵挂与责任连在一起的时候，当它愈久愈浓的时候，又会感到一种沉重与心累。放弃吧，如果不如此，心灵的负荷就会越来越沉重，总有一天会让自己喘不过气来。我有过这样的体验，所以，放弃也成了我人生的一个追求和目标。

说来也是奇怪的，生性怕孤独和寂寞，而一直在寻求，寻求一份真诚，一份关爱和一份长久。长久的情感，长久的心灵对话，长久的受人关注和长久的被人爱与呵护。然而，这种长久的期待和期待的长久，往往又是虚无的、缥缈的，它常常浮现于我的眼前，出现在我的生活里，看到了，似乎也触及到了，但又往往在疏忽间消散了，不见了，心也就那样被无形间折磨着，感到伤痛。

太累了，放弃吧。这是我最喜欢用的一种方式，虽然是无奈的，不得已的，但也是最为有效的。如果被期待，对未来那些不确定的心念、想法和欲望充斥着自己的心灵，我相信，除了痛苦，无快乐可言。去放飞吧，每个人都有自己心灵的轨迹，谁又是谁的知己呢?

心有灵犀和所谓的知己只在古人的交往和现代的教科书里，知音难觅是一个不争的事实。独自行走在社会上，不知有多少人在寻寻觅觅，却相信绝大多数的人在为生活、为生计而奔忙着，而少有去关注自己的心灵与情感。当累了一天，当遇到一点让自己的心灵无法释怀的人和事的时候，最想见与最想念的莫过于一个知己与知音了。但人海茫茫，每当此时，又觉人生好凄婉呀，都四十又四了，翻开心灵的纪念册，谁又是你的知己与知音呢？难过吗，悲伤吗，甚至悲观吗，只是觉得无语与无奈，与自己对话也就成了最好的方式和最终的选择。

与自己对话，不用掩饰心灵，想说什么就说什么，想写什么就写什么，怎么想就怎么去说与写，久而久之练就了文笔与思维。我喜欢这样，因为一直在寻寻觅觅，却又在失败中独自前行。你的真诚未必为他人所认可，你的真情未必为他人所接受，你的牵挂未必为他人所感知。虽然，一个人为另一个人所做的一切为他人所不知、所不解、所不能接受，也许是一件好事。但是，我还是为他人所不知、所不会理解与接受而感到自责与心累。

不要期望得到什么，只默默地去为他人做些善意的有益的事就好了，这也是人生的最高境界吧。但是，我没能够做到，因为我还是一个凡夫俗子。我人性的修炼，人生的修养还没有达到一个应有的很高的目标。故我做，我期待，亦痛苦。

放弃吧，必须放弃那些人生中太多的期望与期盼，只去实实在在地为他人做一些有益的事即可。只求付出，不问回报。将欲望，为他人接受、认可的欲望之心统统抛掉时，心灵还会有什么负荷呢？人生也就呈现出一幅轻松的美丽画卷了。

我期待明天的我会是如此的样子吧。

杭州记游

我于5月26日从杭州飞回兰州，5月27日又飞到北京，一来参加我的同等学力申硕英语考试，二来看望一下父母，还给父亲带了点东西过去。

我1995年和2002年去过杭州，第一次是张峰去参加培训，我随同去游玩。2002年是参加单位的培训。第一次的印象至今仍历历在目，仿佛如昨日。我们到的当天就去游西湖，西湖周边的树绿绿的，花也开得极艳，树叶和花瓣都极为干净，一尘不染，树叶绿油油的，花瓣如绒面般。无论是游人，还是休闲的人们，看上去都很悠哉悠哉。好一座人间天堂呀。

夜游西湖是在张峰他们培训结束时安排的。我们的船以极快的速度行驶在宁静的西湖上，微风吹着面部，头发也飞舞着。环西湖一周，我才感觉到了西湖的大与夜幕下西湖的静与美。

去灵隐寺是有些仓促了。那天是个大晴天，灵隐寺的人极多，在大雄宝殿前，敬香礼佛的人一个挨一个，脸上的神情都无不流露出一份真诚、虔诚、从容、宁静与淡定，那一刻那种氛围让我的内心很感动。一位素不相识的阿姨，专程从马来西亚到灵隐寺敬香礼佛，告诉我灵隐寺很有灵气的。仅用了上火车前的个把小时，游历了灵隐寺诸如飞来峰几个著名的景点，虽有些匆忙和蜻蜓点水，但也是给我留下了至深的印象。看来人生中的第一次都是令人难忘的，第一次到杭州，第一次游西湖，第一次到灵隐寺，这是和爱人结婚以后的第一次远游，应该说，是一次难忘之旅。

第二次到杭州，是2002年的夏季了，参加一个培训，在杭州住了半月，住在距离浙大不远的培训基地。想想参加工作二十年了，自我的学习、积累和修炼也有一点点成绩了，去杭州该有另一番感悟和认识的。

但是，那一次的杭州培训起初给我留下的印象是难忘而深刻的，同去的不同方面素不相识的人们在半个月的培训中相识、相熟了，而随之而伴的便是心的浮躁。对于杭州的美景没有用一颗沉下来的心去欣赏、去品味、去把玩。因浮躁把宁静的心牵绊着而失去了诸多赏景的良机，尤其是不能保持平和的心也让我在日后的自我反省中常生惭愧。

雨中登北高峰却是我至今都回味无穷的一次历险。听说培训基地一条马路之隔处就是杭州最高的山——北高峰，我就一直向往着一定要去登一下的。不知是缘于性格，还是因为年轻，或许是一种执著和好奇，多年来，我对所到之处的每一次有攀岩的机会都不曾放过，哪怕只有我一个人，也要坚持走一下的。不过，回想起来，每一次还都有一两位志同道合者。

登北高峰是在一个烟雨蒙蒙的傍晚时分，同去的还有两位年长者，我是三位中年龄最小的女性，傍晚的夕阳被绵绵细雨挡在了厚厚的云层中，倒也不用打伞，我喜欢细细的雨滴缓缓地一滴一滴地落在脸上、头上和两臂上，湿漉漉的，软绵绵的，好清新，好舒服。

我们沿着用厚厚的石块铺成的台阶而行，石级的两侧没有任何栏杆，只有茂密的树丛错落有致地相互盘缠着。雨落在石级上虽不

会立即形成一条水，但仍使得石级有些滑腻。我穿着白色的旅游鞋，踩在石级上好几次都打了滑。忘了北高峰有多高，我也是从来都记不得这些数字的，从天还有些亮着开始攀登，到了黑乎乎的没有一丝光亮时，我们还没有攀到最高点。

两位长者多次想打道回府，而我一个也是不敢独自攀登的。但不甘心放弃自己，所以提出来给他们探路而先行一步，每攀几级台阶便向他们喊“到了”。就这样，在无数声的报“到了”的呼喊声中，我们三个人最终攀到了山顶。

夜幕下我们借着山顶平坦处的一处灯光观了财神庙的陈设，在屋外拜了财神庙里供奉的财神。我们还欣赏了毛泽东先生为北高峰的题词。下着雨，踩着一条没有栏杆的小路，每个人都有多次打滑的历险，但北高峰之攀却是不虚此行，那种历险的惊恐，和山顶自然人文景观带来的愉悦是令人流连忘返的。这也是2002年的杭州唯一值得记忆的。

再游普陀山，虽没有2002年那次游览的景点多，但仅瞻仰南海观音就令我很欣慰，很知足了。我们此次去普陀山的那天，是一个大晴天，也是今年去杭州培训期间最热的一天，那天杭州的气温是36℃，舟山因临着海，有海风吹着，普陀山还不是特别闷热。

第一站在南海观音地，大家自由活动了，我在烈日炎炎下跪拜和摄影。无论站在哪个方位，南海观音的铜像都那样熠熠生辉，观世音菩萨的慈悲令我在那一刻感动得热泪盈眶。

诵读精美雕刻的《般若波罗蜜多心经》的经文，我是深深感动和深爱这段经文的，看破、放下，保持一颗平常心、平和的心，每一次的诵读都让我的心灵洗礼了一次。拜佛、礼佛，普陀山之行是那样让我的身心轻松而愉悦着，当然也是一次对自己的心灵进行审视反省的一个过程。普陀山，我喜欢。

你邀我去灵隐寺，我感激不尽，你还说陪我还愿礼佛，没有比这更好的礼物了。我们用了整整一天的时间，从咫尺天涯到大雄宝殿、五百罗汉殿，到飞来峰、济公塔，你陪着我去了灵隐寺的每一处景点，并详述着它们的由来，描述着它们的现状，还向我介绍了来自各方人士的观点、游历和礼拜的盛况，这一切对于我来说都是全新的。全新的视角，全新的感受，还有一份全新的感动。我感动于你要陪所有来杭的亲朋好友到灵隐寺游历、礼拜的愿望，我也感动于我们能一起双手合十礼拜和称诵了五百罗汉的坐像和名号，感动于我们一起再诵读精美雕刻的《般若波罗蜜多心经》的经文。

用虔诚的心礼佛、敬佛、拜佛，在飞来峰的榕树下平心静气地攀谈，在敬完了手中的香后，我们在雨中作别了灵隐寺。

在你家的阁楼上看英语课文，聆听阳台上鸟儿清婉的鸣叫，打着一把伞，相拥着漫步在西湖边，观荷、赏雨。雨西湖、夜西湖、夕阳西下的西湖，2011年的第三次到杭州，仅西湖就给我留下了一连串的回忆。

新婚燕尔，十五年修炼，二十一年的阅历，对自然，对心灵，对人生却有着不同的感受、认识和解读，惭愧于肤浅、轻浮、躁动的同时，我也感受到了自己一点一滴的进步、认真、执著、坚持，平和、淡定，杭州给了我最好的诠释。

寂寥的夜

今晚，我将独自一人度过寂静的夜晚。我要躺在床上，静静地思考我近来的人生。我要重新梳理我紊乱的思绪。

昨天已成为过去，无论是过去的成功，还是过去的失败，明天都将会把它们封存于记忆的海洋中。

明天我将踏上自己新的征程，我要为我的女儿寄去我遥远的思念与问候。清晨，打开窗户，雨后清新的草坪的味儿扑入鼻孔，填满心灵的空间。哦，是自然，只有自然才能赋予生命如此的安然。

我要打开熨衣板，为丈夫熨平出行的衣服。夏天的服装还未登场，竟然又值秋风扫落叶的季节。

四十又四，丈夫的鬓角已平添银丝。是苍老吗？怎奈青春的岁月还未走过？

青春不再，人生几何？居然也叹起这如梭的岁月。今夜无眠，丈夫去了远方，偌大的屋子只剩我独自伏案，客厅里还有可爱的小狗贝贝为我保驾护航。但这连绵的秋雨，仍缠绵于我那寂寥的心。我要为他，为家人写下我的寂寥与思念。

我要为我的爸爸捶捶背揉揉肩，让他一生累月笔耕的脊背挺直再挺直。啊，那些发黄的老照片，珍藏着儿时的记忆与天真。母亲的漂亮与文气，写在大学的校园里的梧桐树影下。那斑驳的洒下阳光与笑脸的影子里，全都书写着母亲那个久远年代理想的梦。我要陪母亲翻看，翻看母亲和我们一起走过的路。我喜欢看到父亲稍稍胖一点，我不喜欢母亲的脸上又添褐色的斑与皱纹。无论岁月如何老去，我不想让我的父亲和母亲与岁月一同老去。我还没有长大，尽管我的孩子年已十八。不，我不想承认，我要做我的爸爸妈妈永远的孩子。

我的心还是那样柔软，我的事业尚未成功。我还要从我的爸爸妈妈那里得到鼓励与坚强，我是你们永远的孩子，我要让你们看到我的努力与成功。一碗面片，足以温暖我冰凉的身心。一声问候，足以消去我心头无尽的烦恼与忧愁。爱与博大源自你们，真诚与善良是从小就被提携的，宽厚与正直是你们永远的教诲。

昨天，今天，明天，我将永远都满载着它们走向远方，远方。无论成功，还是失败，请你们相信，我会在人生的每一个十字路口，用它们来做我人生的又一次审视。生命的标杆，就是你们给予的，我亲爱的爸爸妈妈。

夜还未渐深，窗外的秋雨不知是否驻足？双腿还能感到丝丝的寒意。外面的院落里传来孩子们玩耍大呼小喊的嬉戏声，他们正值无忧的童年，而那也已成了我永远的记忆，永远的梦。

写书 出书 送书

自己喜欢写书、出书、送书，也常常收到他人送与我的自己写的书。视自己的为佳品，把他人送的随手翻阅之后便置于书柜，久而久之对写书、出书、送书有了一点感触。

关于写书嘛，是要一生为伴的，不会停下，也不能停下。每天行走在这个世界上，对自己的所思、所想、所做、所为，而不及时地把它们记录下来以鉴自己，修正自己的言意行，提升自己的人生的品质，又怎么说得过去？所以，仅从修身、修心、修行讲，也得把自己的写作继续下去。

就个人爱好而言，也得将写作进行到底。既然是爱好，就要像宝一样，视为珍品，不可送与他人，不可轻易丢弃。既然是爱好，就一定似大餐中的一道佳肴。是爱好，那一定是平凡生活中能掀起浪花的一道美丽风景。它总能在黑暗中给我以光明，在失败时给我以力量，在成功时给我以辉煌。它总能让我在平淡中享受一份喜悦，在劳碌中感悟一份闲适。它是我人生的一面旗帜、一道标杆。它是我的最爱。

既然写了，一定要结集出版的。关于出书，我也是倍爱有加，大有一发不可收拾之势。朋友谏言，亲人鼓励，那只是一个借口而已。写在稿纸或豪华笔记本上的文字，远不及印成铅字装帧讲究的集子更显华丽、更具魅力，亦更生成就感。所以，藏在内心深处的那份对外在的徒有虚名、追功逐利的热爱，和心存的对自己的人生作一总结的想法，使得我把出书也放在我人生的一个重要的位置，有一份盼望，有一份期待，更在等待中有一份忍耐。

提起送书，可是越来越现实，越来越实际，越来越羞涩，也越来越挑剔。从有意相赠到随缘赠送，从赠私密者到赠心仪者，对于赠书也有了自己的感受和看法。

把自己写的、自费出版的集子，与知我者一起分享，那是人生莫大的欣慰与幸福。人生难得一知己，得一知己足矣。从女儿到爱人到父亲和母亲，到几个私密的挚友，到喜文弄文志趣相投者，屈指算来似大有人在，实则寥寥无几。但仅这数人，也是让我心生感激。他们能阅读我的集子，能指点我的文字，使我的文字日趋尽善尽美。虽与日臻完美差之千里，但也足以抚慰我那亦柔亦刚的心。他们给我以鼓励，给我以力量，使我对自己，对自己的人生不敢有丝毫的放松、放纵、马虎和懈怠，使我能在他们充满睿智的目光下做得更好、做得更加完美。

从送他人自己写的书，到读他人送的他人写的书，赞叹是必然的，但悉心地阅完所有的文字却是一个美丽的谎言。从未读完所有人送的所有文字，只是大致地浏览，择合己之心意者读之，即便是最私密的挚友的文字，亦然。有些文字是不得已而阅的，有的一点也没有阅，当然那也只是不曾相识相熟者相赠，与己之爱好、情趣非相似相投的。当然，这样的书籍和文字也是很少的，即便不去阅，也会珍藏于自己的书柜，时时生起一份敬畏之情。虽已不是一个十分崇敬文字的时代，虽有文人相轻之说，但这些于我是不相干的。己之喜文弄文亦由来已久，长则三十余年，短亦有二十余年，深爱文字，而又不谙于文字，又怎能轻于文字？虽深爱又不谙，但却始终在坚守，一路在坚信。不与他人相比，不与他人相攀，只求置其于心间。

深爱己文，轻于他文，唯兴致所然，非文字本身。也鉴于此，不敢妄送他人自己写的书，亦不敢轻易索要他人写的书，怕被人轻，恐轻于他人。遂写书、出书、送书终成己之所爱、所属、所独享。尤送书，仅止于寥寥亲朋好友和数得上的几位挚友、密友和女儿的同窗好友、爱人的私交铁杆。因一发而不可收拾，送出者屈指可数，堆积似山者大有之势。神经兮？愚蠢乎？怎一个痴情了得。

后　记

今年八月，我的女儿以优异的成绩考取了天津外国语大学的德语系，我为她感到骄傲和自豪。十八年的成长和十三年陪伴女儿学钢琴、读书，我的心也总算有点稍稍放下一些了。之前，在女儿为高考最为辛苦的时候，我不知怎样帮助、安慰和鼓励她，除了笔和我用它写的文章外，对于我来说似乎做不了太多的事情。

不，我要为我的女儿加油，我要给她无穷的力量，我要帮助她一起闯过高考的难关，就是这样一个简单的想法，我又在三年后，在根本还没有大量阅读和扎实积累的时候，要出一本书，要专门为我的女儿出一本书。写作的时间也不算短了，但是由于天赋和自己后天所做的努力的缘由，我的写作一直还停留在一种思想不够深刻，驾驭文字的能力和水平还比较低的一个状态，让我很纠结的同时，仍在为了这样和那样的理由寻求出版，所以质量和水平可想而知。

对于写作者来说，把自己即便不成熟的作品印成铅字的时候还是有一种内心的自我的喜悦与欣赏，还是有一种深深的备受鼓舞和让自己继续写下去的力量与成就感，仅这一点，我还是得出这本书，为我的女儿，为我曾经的承诺。

作　者

2011年12月7日